U0931440

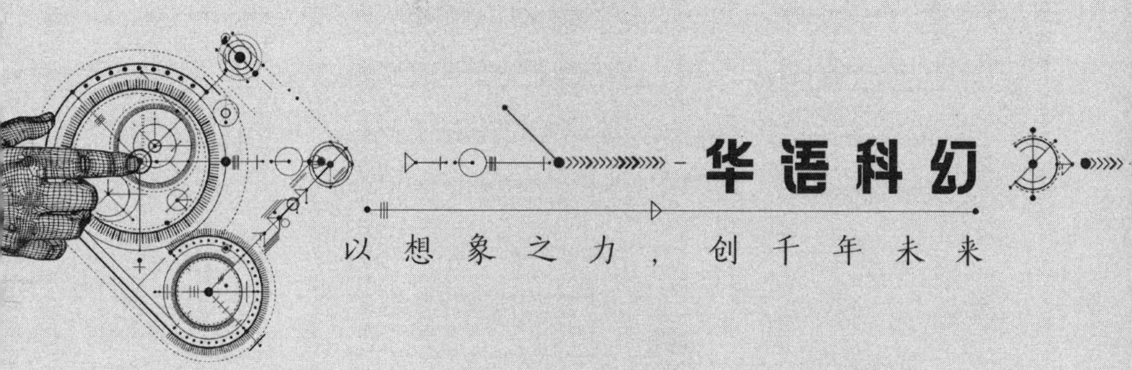

华语科幻
以想象之力，创千年未来

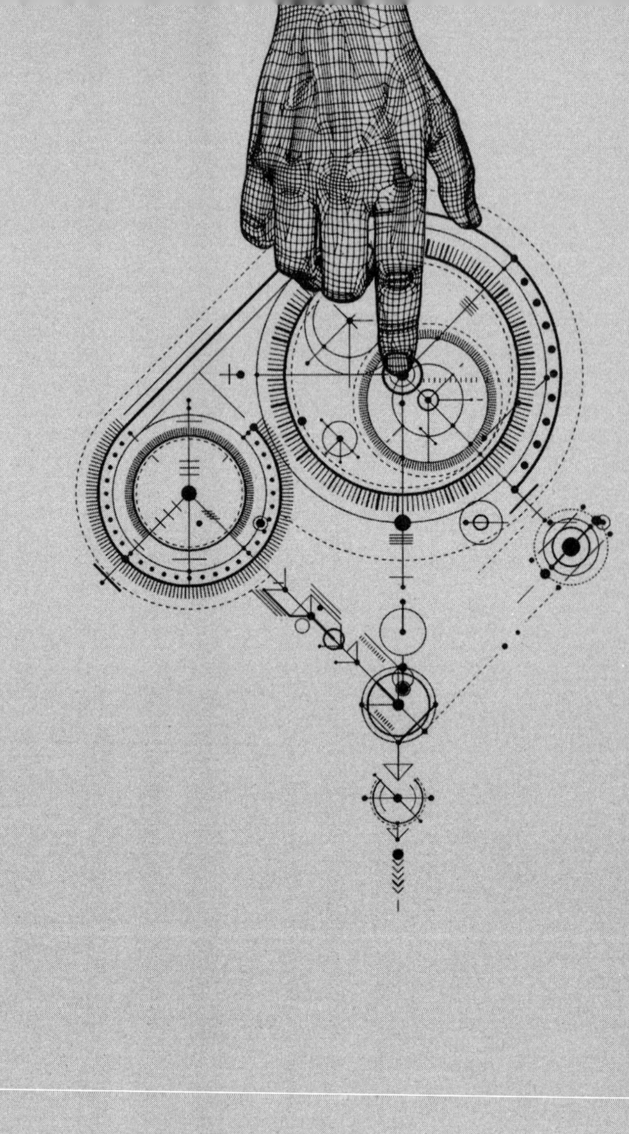

宝树科幻精品系列

薛定谔之猫

宝树　著

科学普及出版社
·北　京·

图书在版编目（CIP）数据

宝树科幻精品系列．薛定谔之猫 / 宝树著．-- 北京：科学普及出版社，2025. 1. -- ISBN 978-7-110-10828-4

Ⅰ．I247.7

中国国家版本馆 CIP 数据核字第 202418SH00 号

策划编辑 王卫英
责任编辑 王卫英
封面设计 书香文雅
正文设计 书香文雅
责任校对 邓雪梅　张晓莉
责任印制 徐　飞

出　　版 科学普及出版社
发　　行 中国科学技术出版社有限公司
地　　址 北京市海淀区中关村南大街 16 号
邮　　编 100081
发行电话 010-62173865
传　　真 010-62173081
网　　址 http://www.cspbooks.com.cn

开　　本 720mm × 1000mm　1/16
字　　数 690 千字
印　　张 58
版　　次 2025 年 1 月第 1 版
印　　次 2025 年 1 月第 1 次印刷
印　　刷 天津泰宇印务有限公司
书　　号 ISBN 978-7-110-10828-4 / I · 746
定　　价 180.00 元（全 6 册）

目
录
Catalogue

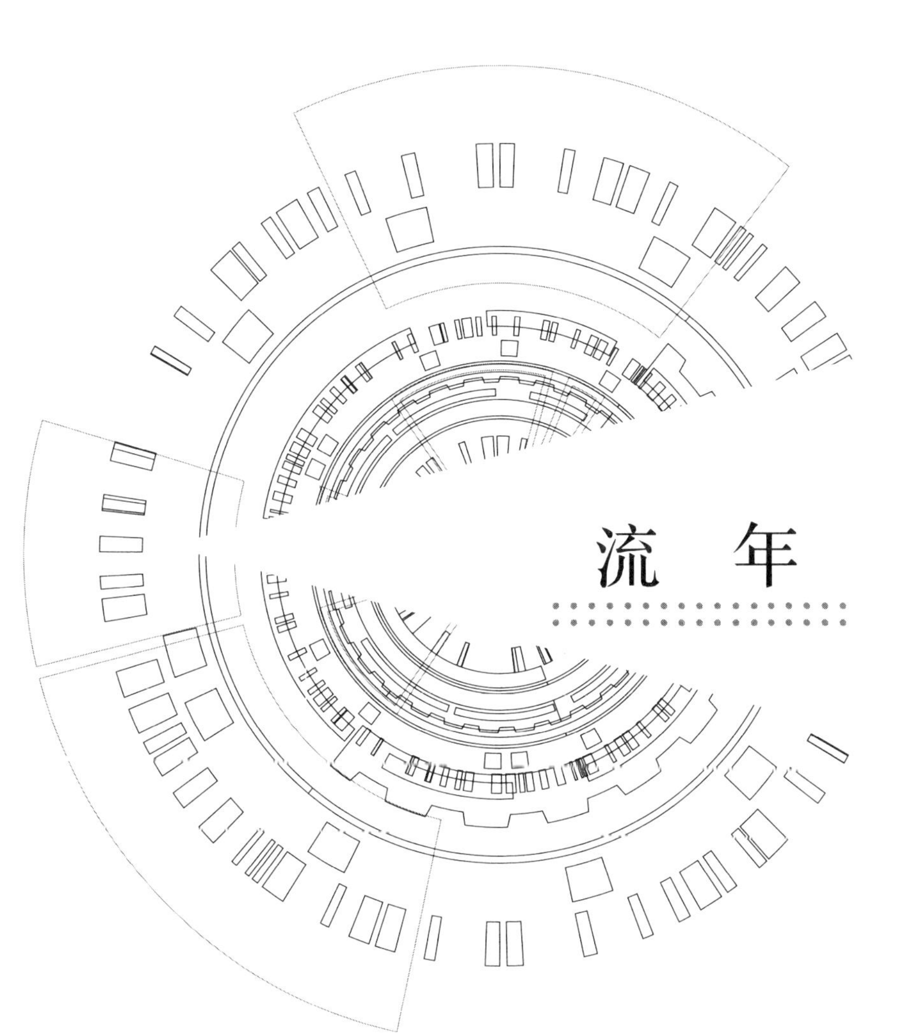

流　年

2026

他们告诉我，冬眠是一个平静的过程。你躺进全封闭的冬眠舱，周围急速灌满液氮，温度在十秒钟内下降到零下二百摄氏度，你的一切生理机能在瞬间停止。你不需要被麻醉——冰冻比麻醉要迅速得多。事先注射的活性分子液会让你的身体保持柔软，阻止冰晶的形成，保护你的细胞膜不被破坏。你的身体会完好无损地凝固在时间深处，直到未来苏醒的那一天。

事实上根本不是。液氮一进来，我就感到身上冰冷刺骨，酸麻难当，像一千把冰刀刮着每一根骨头，不知是哪里出了差错。我想呼救，但身体仿佛已不复存在，只有痛楚在黑暗中绞动。

不知过了多久，眼前出现了光亮，我终于有一丝力气缓缓睁眼。舱盖已经打开，几个晃动的人影从模糊变为清晰，是冬眠中心的金医生和几个护士。母亲坐在我左边的椅子上，满头花白，一双老眼关切地望着我，就像刚才进舱之前那样。

“妈……”我虚弱地喊了一声，“出什么事了？”

她激动地问：“小宇，你感觉怎么样？”

“我……还好。”我有气无力地回答，痛苦逐渐消退，但疑惑随之升起。“金医生，出了什么问题？为什么还没开始冬眠？”我问一边站着的白大褂。他并不是真的医生，只是冬眠中心的技术总监，不过有一个医学博士的学位。

“林先生，”金医生低下头，摸了摸我的额头，“一年的冬眠已经完成，今天是 2026 年 10 月 7 日。”

“开什么玩笑？”我有些愠怒。整个过程中我根本没有睡过去，最多是刹那间有点恍惚，睁开眼睛一切也依然如故，怎么可能过去了一年？

“林宇……”

我望向床的另一边，才看到了确凿证据。

我的妻子方薇站在那里，就像一两分钟前的那样，面色惨白，瘦削得像一株细竹。她穿的也是和我进冷冻舱之前一样的衣服，一条白色连衣裙，搭配着橘红色的真丝开衫。她眼角似乎多了几条鱼尾纹，发型好像比刚才长了一点？我不确定。

无可置疑的证据在她怀中。一个小男孩坐在她手臂上，头发浓密，留着微卷的刘海，穿着“灰太狼”童装和浅咖啡色的长裤，脚上套着一双锃亮的黑色小皮鞋。他正一边吃着手指，一边带着好奇盯着我看，眼眸清亮，看起来至少一岁半了。

而五分钟以前——我记忆中的五分钟以前——在她怀里的是一个婴儿，头发稀稀拉拉的，手脚乱动，“哇哇”大哭，整张脸皱得像个包子。

“轩轩？他……他是轩轩？”

方薇带着泪水点了点头，对男孩说：“看，是爸爸，快叫爸爸！”

我想要起身，却坐不起来，母亲和一个护士过来扶住我，让我支起上半身，更清楚地看到眼前的孩子。我从他的脸上依稀认出了轩轩的轮廓。但他没有婴儿的痴肥，而有着更清晰的个人线条：高额头、大眼睛、鼻梁有点儿塌、嘴巴小巧，三分像方薇，倒有七分像我。他在我这个病恹恹的光头面前有些害怕，哼哼唧唧，挣扎着转向方薇。

虽然从来没有见过这个模样的孩子，但我可以一眼肯定，他就是轩轩。

这是我的骨肉，我的血脉，我一岁半的——本来不可能见到的——儿子。

毫无疑问，我已经抵达了一年后的未来。

2025

“你必须去冬眠中心！”

方薇在身后对我大声喊着，不知道是第几次了。

我的话语在喉头被一阵潮涌般的恶心淹没。我趴在马桶边，胃部翻江倒海一般，吐出一切可以吐的东西，仿佛我的身体也在绝望地自救，要把那些不断增生的肿瘤细胞排出去。但这些日子我已经习惯了呕吐，这对我甚至都算不上难受，比起撕扯着五脏六腑的剧痛，只是小小的腹部按摩。

“我已经想清楚了，”等我的呕声稍止后，方薇才继续说，“技术上，人体冬眠虽然刚刚民用化，但是应该已经比较保险，不用担心；经济上，公司转让之后，我们家完全能支付得起，还有足够的钱养一家老小。你之前尝试的那些疗法，有几种很有希望，比如逆转录病毒疗法和T细胞免疫疗法，只是技术还不成熟，需要时间去发展。

半个世纪以后，肯定可以……”

“我不是说过了，”我虚弱地按下马桶上的冲水键，“除非你们也一起冬眠，否则我不会去的。”

“别任性了好不好？家里的钱哪供得起大家都冬眠。”方薇低头帮我擦拭嘴角的脏东西，我看到她眼角的皱纹又深了。

“我一个人去有什么意义？”我摇头，“你们所有人都留在2025年，再过五十年，就算我的病能治好，妈肯定已经走了，你也七老八十，就连轩轩也认不出了。”六个月的儿子正被我妈带着在楼上熟睡，我想象着睁开眼睛，就看到一个比自己还大一轮的大叔尴尬或冷漠地站在我面前。

“你以为我想让你去？你去了对我来说和死了有什么区别？但你如果不去，也许下个月就……就会……”她的声音抖得如风中的树叶。

“就会死吗，”我帮她补完，“死就死呗，有什么了不起。”

我一头倒在床上，方薇默默走回了卫生间，片刻后，里面传出了女人抑制不住的呜咽声。

我的目光停留在头顶的西洋古典画上，那里微笑的天使在云端飞翔，就像我本来的人生，我纳闷自己是怎么掉下来的。

半年前，我还觉得自己生活在云端。我在美国的名校拿了博士学位，回国后又创办了新兴的智能玩具企业，短短几年，公司已经占领大半个中国玩具市场。妻子方薇是一个文静腼腆的女孩，相识那年刚研究生毕业不久，身上还带着大学生的单纯率真。在我见过的女人中，她不算最美，但气质让我心动。认识半年后我们举办了堪称奢华的婚礼，去欧洲度了蜜月。婚后我全款买了一栋带花园的独栋别墅，把母亲接来和我们一起生活。母亲催促我们要孩子，我也觉得是时候了，努力了几个月大功告成，生了个胖小子，取名林子轩。

轩轩出生时，我的人生几乎是完美的，如果要说有什么缺憾，就是父亲走得早了点儿。他去世那年我才四岁，只有一点儿模糊的印象。家里一直摆着他一脸严肃的遗照，我每年也跟着母亲去上坟，但也没什么怀念之情。对我来说，他就和家谱中十几代以前的祖先一样，只是一个名字。

轩轩满月后的第二天早上，一阵来自胃部的剧痛让我明白，父亲从未真正离去，他的阴影一直笼罩在我身上。

父亲三十三岁那年死于胃癌，发现时已经是晚期——就和我一样。

我呆呆地望着天花板，想象着下个月或下下个月，自己被推出病房，送进焚化炉，在烈焰中化为青烟。母亲年事已高，我走后恐怕她熬不了几年；方薇那么年轻，一定会嫁给其他人，还不知是什么阿猫阿狗；轩轩将来不会对我有任何记忆，我在他心目中怕是比父亲在我心目中还不如。他会在另一个家庭长大，可能被欺负，被家暴……

我不想这样死掉，我攥住床单，发出无声的呐喊，让我继续陪在家人身边，哪怕区区几年也好。

那一刻，我明白了当年父亲的痛楚。他离开人世时，一定也曾像我一样挣扎过，祈求过，哭喊过，怀着对母亲和我的无限牵挂，但我这个混蛋儿子，竟一点儿不知道，也不关心。

比起父亲去世的年代，医学并没有多少进步，癌症还是不治之症。的确，我们能冬眠了。但冬眠一样是和家人永别，而我只想陪在家人身边，和他们一起共度余下的人生。

“好了，那三十年怎么样？”方薇又出来了，带着几分怨气说。

“三十年？”

“嗯，”她坐在我的床边，眼睛还红红的，“冬眠三十年。那时候我还不是太老，也就六十多岁吧。”她苦涩地笑。

“三十年，三十年……”我掂量着其中时间的分量，思潮翻涌，三十年后，还是一个陌生的世界吧？也许二十年会好一点……不，还是太长了……十年呢？那好像又太短了……那就再冬眠十年，等等——等等——

我脑海深处忽然闪过一个怪诞的念头，初看起来简直是发疯，但我认真思索了一下，好像也没有不可行的地方。我真的能做到吗？

天使从天花板上投下鼓励的笑容，让我一下子做出了决定，我一把抓住方薇的手，她诧异地看着我。

“听我说，”我感受着她手掌的温暖，深深吸了一口气，“我有办法，可以陪你白头到老，看着儿子长大，我保证。”

2026

金医生给我做了简单的体检，发现没什么问题，然后就把时间交给了我的家人。我笑着迎向他们，特别是儿子。

轩轩毕竟是一岁的幼儿，对我的疏远很快就冰消雪融。一小时后，他坐在我身边，乖乖地听我给他念绘本故事。只是当方薇让他叫爸爸的时候，他傻笑着不开口。方薇塞给我一盒玩具，让我拿给轩轩玩儿。我看着十分亲切，那是我研发的变形积木。有五种颜色，不同的颜色

碰到一起会发生形状变化，有的相互嵌合，有的相互排斥，要费点儿心思才能玩好。

轩轩一会儿拿起这个，一会儿拿起那个，不知道怎么弄。我笑着给他演示，花了一会儿工夫搭出了一只小狗，小狗完成后，积木自动勾连成固定的结构，发出闪光和乐声，我把它递给轩轩。“狗狗，狗狗！”轩轩拿起小狗，咿咿呀呀地叫起来，还配合着音乐，像跳舞一样笨拙地扭动着小屁股。

“真想不到，”我低声对方薇说，“一转眼——真的一转眼——就那么大了。怎么能这么快呢？一下子就是一年，他第一次爬，第一次站，第一次走路，第一次喊人……我都错过了……我……”我一阵鼻酸，强行忍住了嗓子里涌动的哽咽。

方薇飞快地擦了擦眼睛，笑着摇头：“不是，你没有错过。”

“什么？”

她晃了晃手机：“这一年中好多好多的重要时刻，我都录下来了，今天你可以看个够！”

“太好了，亏你想得到！”我想马上就看，但是轩轩拿着玩具狗跌跌撞撞冲向我，倒在我怀里，对我露出甜甜的笑靥，我明白他的意思：让我再给他拼一个小动物。我又想看那些视频，又想陪轩轩玩，一时犹豫不定。方薇对我眨了眨眼睛，把手机打开，变成放映模式，轩轩的影像投影在了雪白的墙上，这样我就可以一边看着视频，一边和儿子继续玩耍。

我拼着玩具，看着视频，同时还在和母亲以及方薇聊天，想知道这一年发生了什么。一年似乎不长，但外界和周围都发生了很多事：美国遭到了一次大规模恐袭，非洲发生了一场战争，英国王储去世，中国启动太空城项目，轩轩发过一次高烧，烧到四十度，我的下属李海泰创办了一家新公司……我从她们的讲述中汲取着已逝去的时光，却宛如以手掬水，又看水从指缝中流走。

“爸爸！”

轩轩用小手拍我的大腿，不满地叫了一声。大概是嫌我陷入沉思，没给他继续拼小猴子。我愣了一下，难以置信地看着他的眼睛：“轩轩，你叫我什么？轩轩？”

儿子反而有点儿害怕地缩了回去。“再叫我一声呀，轩轩！”我急切地盯着他的眼睛说。

轩轩也看着我，黑亮的瞳仁骨碌碌地转着，不明白眼前这个气喘吁吁的大人为什么这么激动，犹豫了一会儿，才又轻轻嗫嚅着道：“爸——”

“轩轩！”我激动地想把他抱起来，忽然间觉得喘不上气，一阵恶心从腹部上涌，想去卫生间也来不及，一下子弯下腰，剧烈呕吐起来。

2027

意识再次被从内到外的寒冷所唤醒。眼前出现了晃动的光影，我睁开眼睛，一时不知身处何时何地，自己是何许人。

“轩轩，看，爸爸醒了！”

这声音让我找回了自己。我看到光影凝结成眼前一个抱着孩子的温柔少妇，那是方薇，容貌没有什么变化，但换了一件鹅黄色的小衬衣，微微丰满了一些，怀里抱着一个孩子，自然就是轩轩。

但这又是一个陌生的轩轩。他蹿高了一大截，脸型更显露出来，小胳膊小腿更加健壮，衣服也完全不一样了。

“2027……”一阵难以名状的战栗从我全身流过，“又到 2027 年了？”

这就是我的冬眠方案：每年苏醒一天，仅仅一天，和家人一起度过。

多次冬眠再解冻比一次性的贵很多，我的积蓄最多能承担三十年，但差不多也够了。三十天，三十年，哪怕没有找到合适疗法，我也能用剩下的一个月陪伴家人走过漫长的人生。听起来是完美的方案。

但现在，我感到了时间飞逝的可怖。还来不及跟上上一年，一觉醒来，已经又是三百六十四天之后，这违背人最根深蒂固的时间感受。我在心底渴盼方薇告诉我弄错了，我还留在 2026 年的那天夜里，或者是第二天也好，但她却说：“是啊，2027，你这次解冻时在熟睡中，金医生给你检查了身体以后就先走了。”

我暗叹一声，转向孩子，强笑着：“轩轩，你又来看爸爸了？”

轩轩带着几分茫然和畏惧看着我，想了想，回头认真地对方薇说：“他是叔叔，不是爸爸！”他的语言能力突飞猛进，已经可以说出完整的句子，只是发音还奶声奶气的。

“瞎说，这不就是爸爸！”方薇笑骂。

“小坏蛋，你爸爸去年跟你玩得那么开心，你不记得了？”我又听到母亲的声音，转过头，她还是坐在病床边上，头发已经变得完全银白，但看起来精神还矍铄。

但孩子还是噘着嘴说："就不是爸爸。"

我合上眼皮，似乎还能看到昨天那个叫着"爸爸"的小家伙，我花了一天时间和他从陌生到熟悉，分别时他还频频向我回望，口中"爸爸爸爸"叫个不停。但现在，面前却几乎是另一个孩子。那个我刚刚认识的轩轩呢？他到哪里去了？

我打了个寒战：那个轩轩消失了，再也不会回来。

我环顾着有点儿陌生的亲人们，这不就是我想要的吗？我能够每年和他们一再相聚，知道他们这一年是怎么过来的，分享他们的喜怒哀愁。但也许我错了，我仍在不断失去他们。刚刚认识，就又远去，化为时间深处的幻影。

轩轩忽然尖叫起来，挣扎着从方薇的怀抱中跳下来，向门外跑去。"不要爸爸，不要妈妈！讨厌！都讨厌！"

方薇追了出去。母亲扶我坐起来，对我说："小宇，你别生孩子的气。"

我苦笑了一下："我跟孩子生什么气？"

"是妈不好，这两年太宠他了，"母亲说，抹了抹眼睛，"方薇还说我来着，可是我一看到他，就好像看到了小时候的你……就想对他好一点儿……"她开始哽咽。

"我知道。"我不知道说什么好，"我知道的，又一年过去了，辛苦你和方薇了。"

"妈想你啊，"母亲哭得更凶了，"可是一年才能见你一次，妈也没几年好活了，不知道还能见你几天——"

"妈你说这干什么！"我也鼻子发酸，强行打断她说，"你一定能长命百岁的，等哪天癌症攻克了，那时候我们一家要和和美美地生活在一起，我要好好孝敬你呢！”

母亲说不出话，只是擦拭着泪水，头胡乱摇晃着，不知是摇头还是点头。

方薇又拉着满脸不高兴的儿子进来了。我挤出一个笑容：“轩轩来，看爸爸给你变个魔术！”不能毁了这一天，我下了决心，每年只有十几个小时，我一定要和家人们开开心心地度过。

轩轩有点儿好奇地看过来。我对方薇说：“给我一个硬币。”

方薇递给我一个硬币，朝我眨了眨眼睛。她知道我要干什么：这是我和她第一次约会的时候就表演过的节目。

我把硬币抛起，接住，合在手心，打开双手，硬币消失了——被一个简单的障眼法藏在了衣袖里，我怕自己身子虚弱，动作不灵。但轩轩一点儿没看出来，把小脑袋凑过来端详着，连声问：“它到哪里去了？哪里去了？”

我又打开手心，硬币又回到了那里。

“咦！”轩轩发出好奇声，“从哪里出来的？”

“轩轩乖，”我狡黠地说，“叫一声爸爸，我就告诉你。”

“不要！”他头摇得跟拨浪鼓一样，“不叫不叫！”

“那你就叫半声嘛，叫声‘爸’就行。”我逗他。

轩轩的眼珠转了几圈，似乎觉得这个交易很可行：“好吧，ba！”他好像觉得很得意，绕着自己转起了圈圈，一边转一边叫道：“ba！ ba！ ba！”

我开怀大笑，又把闪亮的硬币抛向天花板。轩轩举起双臂，发出尖得可以刺破耳膜的欢呼。

2028

"鹅，鹅，鹅，曲项向天歌，白毛浮绿水，红掌拨清波……"

轩轩摇头晃脑地在我面前背着古诗。两岁半的他刚刚和我熟悉起来，一睁眼又变成了三岁半，他看上去长大了不少，身高超过了一米，模样也成熟了很多，像个小大人。这孩子好像是好多个俄罗斯套娃，一个接一个地装进了更大一号的模子里。

"轩轩乖，是妈妈教你背的吗？"我问他，却望向站在一边的方薇。这次她看上去反而年轻了一些，剪了短发，穿着利落的黑白条纹 T 恤和短裙。

"幼儿园老师教的，"母亲接口说，"轩轩已经上幼儿园了，还是双语的，现在会了好多单词。"

"轩轩，告诉爸爸，英语怎么叫爸爸？"方薇问儿子。

"Dad！"轩轩响亮地回答，又小声问方薇，"妈妈，他真是爸爸吗？"

"你不是天天说要找爸爸吗，这就是爸爸呀！"

轩轩的脸上绽放开了笑容："那我也有爸爸了，是不是？以后我可以跟木木、玲玲、艾米丽他们说，我不但有妈妈和奶奶，也有爸爸了！"

"你当然有爸爸，"方薇说，眼睛又红了，"一直都有。"

“那爸爸明天能来幼儿园接我吗？”孩子天真地问。

“爸爸要……”方薇语塞了一下，“去很远的地方，不能来接你。”

“来一次就好嘛，这样我就可以跟他们说，我也有爸爸了呀！”

隔着一层水雾，我眼前的一切开始变得模糊，身后传来了母亲压抑不住的啜泣。“轩轩，你过来。”我对儿子说。

他走到我面前，好奇地打量着我。

“爸爸一直在，”我说，“总有一天，爸爸会来接你，陪在你身边的。”

“那我们拉钩。”他伸出一根手指，和我轻轻拉了一下，笑了。

2029

我在钻心的剧痛中醒来，家人似乎都围在我身边，可形象影影绰绰，声音像是从很远的地方传来的。我听不清，也无法回答，只是大叫，哭喊，呻吟，一定把儿子吓坏了。

金医生给我打了一针，我稍微舒服了一点儿，但一阵倦意袭来，意识又模糊下去。我告诉自己不要睡去，否则一年白白消失了，但没有用。周围的人像是井壁，我在深井里，不断地下坠，下坠，直到沉入无意识的渊底。

2030

我再次醒来的时候，发现自己在一个陌生的房间里。感觉比以前舒服得多，唤醒过程也没有前几次那么痛苦，仿佛只是从酣畅的睡眠中苏醒。

“林先生，欢迎来到 2030 年。”金医生对我说，不是真人，而是一个悬浮在空气中的三维图像，忽闪忽闪地，像老科幻电影里的场景，我意识到，又过了两年，这是一种以前没有的技术。

“从今年初开始，冬眠复苏技术已经升级，可以自动进行操作。您的病痛已经被控制住，这次我和护士就不过来了，祝您和家人度过美好的一天。有问题请随时召唤。”说完简短的欢迎词后，他消失不见。

我看向周围，一个孩子坐在我面前的地板上，盯着光影闪烁的墙壁。这也是一种新科技，整面墙都变成了显示屏，还是立体的，放着一部好像是新出的动画片，一只金光闪闪的机器猴在和一群张牙舞爪的大章鱼打仗。

轩轩的注意力在动画片上，口中还念念有词，并没有发现我醒来了。母亲还是如常坐在我身边，但没有看到方薇。

“小宇，你终于醒了？”母亲把我扶起来，两年不见，我发现她似乎也年轻了几分，甚至头发也黑多白少了。不过方薇呢？

母亲看到我探询的目光，知道我在找什么，说：“方薇去美国出

差了，那边刮飓风，航班取消了，她来不了了……不过没关系，一会儿你们可以立体视频通话，和在你面前没什么区别。”

“出差……她出去上班了？”

“家里不能老靠你的积蓄，”母亲的声音沉重起来，“你不知道，前年开始全球金融危机爆发，通货膨胀得很厉害，光幼儿园一年就得五十多万……唉，方薇不让我说……”

我想问一下家里的财务状况，不过想想知道了也没用。“那她在哪家公司？”

“星联网络，”母亲说，我没听过这个名字，她又补充，“就是李海泰办的公司，现在挺火的，好像全国能排到前几。”

我又被一阵晕眩感笼罩，李海泰曾是我的下属——对我来说是几个礼拜以前的事。如今却已经取代了我，我老婆还在为他打工。外面的一切正以我无法理解的速度变得面目全非。

“方薇挺不容易的。”母亲又幽幽地说了一句，不知指什么。我不想谈这个话题，转向儿子。他已经看完了动画片，正在玩一个机器猴的玩具，巴掌大小，样子和屏幕上的差不多，但纤毫毕现，每个组成部分都很清晰，原来是个机械化的孙悟空。它站直了身子，嘴巴一动一动，“外星妖怪，俺老孙来也！”然后翻起了筋斗。

去年——不，是六年前了——我曾经想开发过类似的智能玩偶，但是受限于成本的高昂放弃了，但如今这只活生生的机器猴在我面前做着高难度动作，提醒我时代已今非昔比。

“轩轩，这个……孙悟空是妈妈给你买的吗？”我问他。

“海泰叔叔送给我的！”他骄傲地说，“是他们公司的最新产品，还没上市，全世界就我一个人有！”

怎么又是他？我心中一动，望向母亲，她的目光不自然地移到一边，装作在看墙上在放的广告。我忽然明白过来，一阵难以置信的愤怒涌上心头。

我的脸色一定很难看。母亲犹疑地开口："小宇，方薇没什么，只是那个李海泰一直到家里来……唉，你也要理解她。"

我愣了一下，才明白妈妈没有说出的潜台词。如果我死在五年前，今天方薇当然是自由之身，如果我冬眠个五十年，按冬眠法规定，很多民事权利与死亡无异，她也会有自己的新生活。但我每一年都会醒来和她见面，就仿佛只是两地分居。这成了方薇头上的一道枷锁，在余生的岁月里，她只能一直守着我这个名存实亡的丈夫，自己把孩子拉扯长大，还要照顾日渐老迈的婆母。

愤怒化为愧疚，又变成了难以名状的悲凉。我知道自己无权要求方薇的忠贞，但还是有一种强烈的荒诞感萦绕心头：几天以前，你们还拉着手山盟海誓，几天之后，她嫁给了别人。

但我也明白，对方薇来说，这不是几天，而是许多年，我和方薇活在不同的时间里。

"轩轩，妈妈喜欢海泰叔叔吗？"我问儿子，母亲想说什么，但欲言又止，只是叹了一口气。

轩轩有点儿困惑想了想，然后答非所问地说："我喜欢海泰叔叔。"

这就够了。

"那你想让他当你的爸爸吗？"我又问。

轩轩困惑地眨了眨眼："可我爸爸不是你吗？"

我们已经不再玩"叫爸爸"的游戏了。轩轩开始明白事，也懂得应该叫我爸爸，但"爸爸"这个词在他心中，大概还没有"海泰

叔叔”有分量。我已经错过了和他建立亲密情感的最初几年，永远错过了。

但无论如何，我活到了五年以后，还会再撑许多年，我可以看到儿子长大、上学，也许还能见到他成家立业。他会理解我的，等他有了自己的孩子，就像我理解了父亲一样。

腹部不知怎么又疼了起来，好像有一只叫嫉妒的虫子在那里啃啮。我忍着疼，对轩轩挤出一个笑容：

“让爸爸给你一个新爸爸，好不好？”

2031

方薇站在我面前，我打量着她，她身穿一件修长的驼色风衣，里面是火红的打底衫。这些年她没有变老，却变得更成熟、更自信，眉目间带着风霜磨砺出的干练，她不再是几年前那个依偎着我的小女人，而有一种独立洒脱的美。是李海泰成就了她，也可以天天欣赏这样的她，我酸涩地想。

我与她的眼神交碰，她眼神中有一种让我害怕的东西，良久，她慢慢地抓住了我的手。

“林宇，”这次她的手有些僵硬，“我……要跟你说一件事，你……要有心理准备。”

我明白了。去年冬眠之前，我遣开其他人，录了一段留言发给方薇，让她下一次带着离婚协议书来，我随时签字。

“干脆离了吧，”我故作大度地说，“我本来早该化成灰了，现在每年还能见到你们，已经心满意足。你有权利寻找新的幸福，也有义务给孩子一个完整的家庭。”

卑怯的我虽然说了一堆门面话，内心仍然希望这个答案是“不”。但从她的表情中，我已经猜到了她的回答是什么。房中只有我们两个，母亲和轩轩都不见踪影。显然是特意给我们独处的空间。

“我早准备好了，”我勉强维持着男人可笑的尊严，“我还急着去三十年后找下一任呢。文件拿来，给我签字吧。”

“不，”方薇摇头，“不是这件事……”忽然间，她的冷静和干练荡然无存，莫名地哽咽起来，泪花开始出现在眼角。

我开始觉得不对，一个比离婚可怕千百倍的念头跃上心头。

“轩轩，轩轩怎么了！？你说话呀！”

“不是轩轩……”她在嗓子里发出呜咽，“是……是妈……走了……”

眼前一切分明在那里，却又纷纷离我而去，我如同陷入一片看不见的沼泽，无法动弹，甚至无法思想。

“不……不会……”我过了一会儿才发出一点呻吟，“你胡说……胡说的……我……我要去找妈……”

方薇轻轻抱住我，好像抱住轩轩一样。不知怎么，这动作让我安静下来。“林宇，你听我说。”

方薇告诉我，这几年母亲虽然身体不好，但要再撑几年本来是没问题的，可她总怕我醒来见不到她，所以偷偷进行了一种据说能永葆青春的疗程，把全身的血换了一遍。一开始的确立竿见影，让她变年轻了一阵子，但那其实是靠透支身体的骗局。去年年底，母

亲在几天中忽然老得不成样子，被救护车拉到了医院，从此再也没出来过。

母亲苦熬了大半年，想和我再见上一面，但最后还是撑不住了，一个月前溘然长逝。方薇在李海泰的帮忙下，料理了她的后事。

我哭得昏天黑地，直到剧痛发作才把我从悲痛中暂时拯救出来。但这一晚，当我再次进入冬眠舱时，我想到了小时候母亲把我拉扯长大的许许多多事，失去母亲的痛楚还将持续很多日子，或者说很多年。间断冬眠是多么奇怪的事，欢乐的时光暂如梦幻泡影，而痛苦却跨越漫长岁月，如影随形。

2035

我站在一个雅致的庭院中间，脚下的青草在空心地砖间生长得郁郁葱葱，正前方有一个小喷泉，清澈的泉水从池中央希腊式的少女雕塑手捧的花瓶里涌出，又飞落在她脚下的池子里。头顶是葡萄架，一串串的深紫色的葡萄从头顶垂下来，透过葡萄藤的空隙可以看到蓝如宝石的天空。

那是我很熟悉的地方：我以前那栋别墅的庭院，方薇亲自设计的，我们曾在这里度过好几年的欢乐时光。但为了治疗和冬眠的费用早已把它卖掉了。实际上，我还是在新冬眠中心三十层的楼上，只是戴着一副最新款的隐形 VR 眼镜，这些年来，虚拟实境技术的进步几可乱真，通过对以前照片和视频的复原和模拟，让我重返昔日的家。

我站了很久，看着葡萄架下的一把藤椅发怔，以前妈妈最喜欢在这里打毛衣，轩轩的最初几件小衣服就是她在这里织出来的。但现在这里只有一把空椅子。

方薇好像也发现了我的心情又低落下去，捅了捅我，向前一指说："你记得吗？上次有个女孩要摆一个造型，结果没站稳掉进了喷泉里，浑身湿透了。"

我嘴角也泛起微笑。我怎能不记得？那是轩轩满月那天，可能是我一生中最后一个无忧无虑的日子。我们摆了满月酒，把很多亲戚朋友都请到家里来，整整一个下午，就在院子里喝茶，吃点心，聊天，消磨午后的悠长时光，畅想着未来。

第二天，胃疼就把我送进了医院。

我摇了摇头，让自己不去想那些不开心的事，说："当然记得，不就是小姜吗？"

"哦，对，是小江……你们公司的职员。"

"不，那个是江海的江，这个是生姜的姜，是迈克带来的女朋友。"

"哪个迈克？"方薇露出更加茫然的神情。

"迈克啊，就是发型很搞笑的那个男生，你不记得了？"

方薇摇了摇头。我告诉她："迈克是我以前留学时的师弟，来过我家好几次呢。这才多久，你就——"

我忽然说不下去了。我明白过来，对我来说那次聚会只过去了半年多，但对于方薇，一切已经是十年前的陈年旧事，十年里发生了那么多的事情，她自然会忘掉十年前几个不熟的客人。

我们已经不在同一条时间线里。对方薇来说，我冬眠后的日子已经比当年的恋爱结婚还要长得多，但我本质上仍活在2025年，时间感受甚至还没有越过一个月。

我只是一个来自过去的影子，和周围的景物一样。

我又想到了我们那名存实亡的婚姻。过去几天（年）因为母亲过世，我一直心绪低落，方薇也就没提这事。我潜意识里也想当它不存在，但终究是避不开的。

尴尬的沉默持续了半分钟，我终于开口："都十年了，还说这些旧事干什么？那份离婚协议早点儿签了吧。"

我想过她会答应或拒绝，但她的回答却超出了我的想象："其实不需要签那个。它对我……没什么束缚。"

我有些惊诧地望着她，她也平静地和我对视，眼神让我无法看透。"林宇，这十来年社会观念发生了很多变化，包括对婚姻的看法也完全不同了。我们都被时代裹挟着，到达以前想不到的地方。"

这几天偶尔看到的几个词在我脑海闪现：人工伴侣，双性交际，多向婚姻，性别置换……我不太明白是什么意思，也不想问，但我知道世界在急剧转变，方薇是一个有血有肉，且没有丈夫的年轻女人，当然会跟着往前走。我脑海中出现了许多刺激的画面，我强行把它们驱散。

"可你和李海泰，你们不需要——"

"李海泰？早就分手了，"她利落地挥了挥手，"现在我是星联的CEO了，放心吧，我会安排好自己的生活。"

方薇的表情有着可以把控一切的自信，我发现已经无法再去理解她的生活，甚至无法揣度她在想什么。

"我不是想干涉你的私生活，"我还是忍不住说，"但是轩轩怎么办？他需要一个稳定的家庭啊。”

轩轩已经没有奶奶，方薇工作又忙，现在主要靠一个智能家庭网络（也就是一台电脑）在照顾他。此时他在上一个什么人机互动课程，授课的是机器人，一天都见不到几个人。

“轩轩很好，”方薇打断我，“我下载了最新版本的教育学助理，并上传每一天的数据到教育中心，进行大数据分析和人格建模，他们会给出世界上最好的教育指导。”

我听得云里雾里，但忍不住抗议：“方薇，孩子还是需要你去关心，我总觉得靠什么大数据来教育孩子，不太保险。”

“你不懂，时代变化很快，现在的人都是这样养育孩子的，你和我们一起生活就不会有这些问题了。”

我无言以对，放弃了插手孩子教育的努力，摇摇头，望向虚拟实境中远处的城市，那还是十年前的旧模样，据说现在已经出现了全新的建筑技术，比如有一栋千层高的“未来大厦”，是用纳米智能材料在三个月内建成。即使脖子仰得发酸，也看不到它的顶端，正如这日新月异的新时代。

“你说得对，”我黯然说，“我这样每年醒来一次，根本就不明白外面发生了什么。这些年我自以为在陪着你们，其实只是一种拖累。我真不知道还继续往前走干什么，还不如……不如……”

我说不下去，转身走向房门，也许是下意识里想走回美好的旧日时光，可没走几步就碰到了真实的墙壁。旧日的家门看起来就在两米开外，里面似乎还能看到妈妈忙碌的背影，但我再也回不去了。

我烦躁地猛踢了一脚墙：“假的！都是假的！”然后一下子崩溃了，泪水奔涌而出。

方薇从我身后抱住了我，我感到贴在背上的柔软，再次僵住了。

“你不能走，”她在我耳边呢喃，“我和轩轩需要你，现在，未来，还是和以前一样。一年又一年，每年这一天，我都会带轩轩回到你身边。不管未来把我们带到什么地方，你都是我们永久的家。”

我明白了我们的关系所在：我是她不忍失落的过去，她是我无法经历的未来。我们既早已远离，又仍唇齿相依，不离不弃。

我转身，长长地拥吻她。热烈而绝望，宛如初见，宛如别离，宛如时间本身。

2040

他站在我面前，一个高大俊朗的青年，面目依稀是我年轻时的样子，眼中的神采也像是二十岁上下的我，咄咄逼人，自以为是。但他赤裸着全身，露出发达的肌肉团块，皮肤上有精致绚丽的花纹在流动。这一切让我既感到熟悉，又极度陌生。

他是轩轩，童年如风般飞走，少年亦如水般流逝。在我面前的，是倏忽迈入成年的儿子。

但还是不对，即使我已经习惯了轩轩每天都飞速长大，可今天是冬眠后的第 15 天，轩轩只有十五岁，怎么可能长得这么快？我怀疑冬眠中心出了什么故障，让我多沉睡了五六年。但墙壁上的时间区域却清楚无疑地显示着“2040”几个数字。

我向方薇投去询问的眼神，她已经年过四十，但看起来只是稍微成熟了一点儿，和前两年也没有什么区别。

“他使用了加速生长技术，”方薇无奈地摇头，“就是用一种什么酶加快身体成长的步骤。他偷偷去的医院，那几天我在太空城开会，没有发现……不过你放心，这种技术是安全的，对他的身体也不会有什么损害。”

“这……这不是身体的问题！你怎么把孩子弄成了……这样？”每天，我忍受着一个又一个人生不同阶段的儿子离我而去，可是现在的什么鬼技术，直接塞给我一个成年的儿子，而且还光着屁股，文着会动的文身，这是个什么世界？！

方薇有点儿心虚地低下头。轩轩——或者应该叫林子轩了——却抗议起来：“爸，我已经不是小孩了，”他的喉结已经发育，说话也是陌生的成年男子声音，“教育中心说，我有权选择自己的生活。”

我不知道怎么和几乎是个成年人的儿子打交道。这些日子，虽然他每一天（年）都来看我，但和当年我给父亲上坟一样，只是例行公事。在他面前，我没有任何父亲的权威，如今也只能呆呆地瞪着他赤裸的肌肤。

“没事，”儿子看出了我的困惑，“现在裸体是时尚，没什么不好意思的，何况我也不是没穿衣服，这叫智能变形服，你看——”

他在身上什么地方按了几下，那些流动的彩色花纹开始凹凸变化，很快变成了一件红色的T恤和牛仔短裤，看起来顺眼多了。

“那，”我好不容易找到几句话，“那你急着长大干什么？”

“我正要跟你说，”方薇带着愠怒开口，“他想去当宇航员！今天我们一家人必须一起做个决定。”

“这是我自己的事，”林子轩嘟囔道，“再说教育中心也给了许可证，你们应该尊重我的意见！”

我花了好久才弄明白，子轩要报名当一名宇航员，而且是参加“红色巨眼”计划：一个打算去木卫二勘探矿藏的商业宇航项目，飞船会花两年时间从地球飞到木星，在那里停留一年，然后再花两年返回。

“那么危险的一个项目，”方薇怒气冲冲，“还要花上五年时间！你以为是玩VR游戏吗？林宇，你看看你儿子！”

方薇几天前还在跟我吹嘘那些大数据、电脑管理之类的教育理念，如今却令她焦头烂额。我有点儿啼笑皆非。不过还是不明白情况：“他还没成年，宇航局会让他去？”

“是一家私人宇航公司，他们现在喜欢招募这种不懂事的孩子去当苦力，简直就是诱拐，国家怎么会允许这种事！”

“好了，妈，”子轩不耐地打断她，“我能不能单独和爸爸谈谈？就一会儿。”

“爸，”等只有我们两个人的时候，子轩说，“你能同意我去吗？我希望你能站在我这边。”

他解释了一下，我总算明白了，现在的法律变化得很快，十五岁以上的孩子都可以选择在一夜间拥有大人的外貌（还可以变成异性、半人半兽或者半机械体），鉴于成人速度的加快，他们的选择权也被放宽，但有些决定仍然至少需要监护人之一同意，比如去太空。方薇那边不用想了，我是子轩唯一的指望。

我的确考虑了一下，儿子和我越来越疏远了，虽然年年都能见面，但绝不会比我当年对老爸的感情更深，这也许是我能博取他好感的唯一机会。

但这个念头只是一闪而过，这种事我怎么可能同意。

“你妈是对的，”我决然说，“你哪也不能去，要去也得等你真正长大以后，读完大学再说。”

“我早就长大了！”他愤然道，“我有权选择自己的未来！你不知道吗，飞船上也可以远程上大学！”

“爸爸是为你好！”我说，半个月以前我还在给他换尿布，现在已经用上了这种台词，这让我感到晕眩，“你如果有什么事，我和你妈怎么办？”

“有什么怎么办？你回那个冬眠舱里再睡个一两百年好了，”林子轩阴阳怪气地说，“至于我妈，反正她根本不管我，她那还有一堆男朋友要轮流——”

“行了，”我阻止他说出更难听的话，“你妈怎么不管你？她只是不想你出事。木星那种地方多危险，那个什么大……什么斑，听说是个大旋风，能吹走整个地球……”

“您别跟我科普了，”儿子打断我，“危险我比您清楚，可我不怕，我喜欢冒险生活。反正从小到大您也没管过我，这次也别管了行吗？”

“是我不管你？我那是……”我气得不知从何说起，“算了，你还小，你不明白生活是怎样的。爸爸可以告诉你，人活着不容易，我们要珍惜自己的生命，要爱自己的家人，不要随便——”我想把这段日子内心的感悟告诉他，但能说出来的却俗不可耐。

“我就是不想像您一样活着！”儿子脱口而出。

“你……你说什么？”我不敢相信自己的耳朵。

“您还不知道吧，”他冷笑一声，“您这个冬眠先驱可出名了，记者一直都想来采访您，不过都被我妈和奶奶拦住了……但我的同学没一个不知道的，有个每年醒一天的老爸我很光彩吗？”

“你……”

“说句不好听的，您每年这么折腾自己也折腾家里人，说什么想陪伴家人，其实只是怕死罢了。我从小就想，像您这样活着有什么意思？我一定要干出点儿名堂来，要不然我三十岁再得癌症，不还是一个死吗？我就算死在木星上，也比您这样活着痛快！”

我怔怔地看着眼前陌生的林子轩，一股寒意从我背后升起，他真的是我的儿子吗？

“不管你怎么说，”我竭力让自己冷冷地说，“我都是你爸，我说不许就不许，你必须听我的！”

“听个屁！”子轩冷笑着，一个转身，冲到窗边，一个起落，身影就消失在窗外。这可是三十多层高的楼上。我的心惊得要从嗓子里跳出来，正要叫出声，却见他又冲天而起，智能变形服从他背后伸出了一对膜翼，带着他翱翔天际，消失在同样飞翔往来的人流中。

我眼前一黑，晕了过去。

2045

我又发病了，好几天都昏昏沉沉，总算一些新药物起了作用，我才没有死掉，继续在睡与醒之间消磨无情的流年。

子轩再也没来看过我。他的木星之旅被阻止，但一扭头去了新建的太空城，三年后年满十八岁，他报名参加了更遥远的土星计划，这次他去得更远，时间更长，起码十年之后才能回来——如果会回来的话。

现在只有方薇还每年都会来看我。她很少说自己的事，也不太谈及外面的世界，最多跟我说一些子轩的近况。当子轩在宇宙飞船上也陷入了长达四年的冬眠，没什么可说的时候，我们就一起看当年录制的视频，说着往事，轩轩在一眨眼间就长成了大人，有太多事我还来不及去了解。方薇指着三维影像中那个跑来跑去的小不点儿，一一告诉我那些沉没在时光深处的点滴。那些我未及经历的时光并没有完全消失，还有很多碎片等着我潜入时间的深处，去发现，去拾取，这让我感到惊喜。

有时候，我们也回忆更早的往事，譬如我们的恋爱时代，这些主要就是我帮方薇回忆了，对她来说已经过去了整整二十年，但对我仍记忆犹新。逝去的时光在这个房间里一次次地复活，碰撞，缠绕，交汇，化为会心一笑，或幽幽的叹息。

2048

金医生又出现了，是他本人。我已经好些日子没看到他。此时他已经升任冬眠中心的负责人，胖了不少，脸上也多了几道皱纹，但其他的变化不大。

我看了一眼显示在墙壁上的时间数字，2048 年 4 月 19 日，奇怪，距离上一次苏醒只过了半年。

“林先生，我这次是来告诉您一个好消息的。”他说。从他的表情中，我已经猜到了三分，心脏狂跳起来。

果然，他点点头：“人类已基本攻克癌症，您等待已久的抗癌灵药已经问世了。”

当天晚一些时候，我在方薇的陪伴下回到了早已更新换代的肿瘤医院，开始新的治疗。等我睡去又醒来，仍然在 2048 年，第三天也还是 2048 年，时间忽然从奔腾的激流变成宁静的一潭死水，我都有点儿不习惯。有时会怀疑这一切都只是冬眠间隙的梦幻，也许冬眠舱出了什么问题，也许是整个世界，在我自以为还是 2048 的时候，无数年月已经消逝，人类已经灭亡，海洋也已干涸，大地变为荒漠，一切生命都已灭绝，只有我还在地下的冬眠舱里做着荒诞的梦。

但错乱的时间感终于稳定下来，我发现我现在不但好好地活着，而且一天天恢复了久违的健康。一种聪明的“智能细胞”在我身上将癌变细胞一个个收拾干净，强大的人造血液将过人的生命活力输送到身体的每块组织，一周以后我就可以出院，又过了一个月以后，我一点儿病痛也没有了，健壮得像头牛。

出院后，我搬到了方薇那里——还能去哪呢？最初那几周，我们仿佛回到了刚刚在一起的日子。方薇已经年过五旬，但生物科技的发展让她的容颜和身体没有太多的衰老，而我只有三十出头，几乎还算是个年轻人。除去远走的儿子，整件事几乎只是一个半年的噩梦。如今我仍然年轻，健康，前途无量。

但后来，我发现这一切只是幻觉。

我和方薇的第二次蜜月期很快就告结束。二十年的人生阅历已经打造出了一个我几乎不认识的方薇，拥有我无法插手的社交圈和个人生活。我曾是她无法舍弃的过去，这是一直以来维持着我们的纽带，当我和她回到同一条时间线后，我们的关系也走到了尽头。

经济上也出了问题，多次经济危机后，我剩下的积蓄充其量只是普通人的水平。当然，方薇有钱，但那是她自己赚的，我不能吃软饭。方薇替我在公司里找了一个技术职位。我最初还摩拳擦掌，打算重拾起业务，但很快发现当年的知识早已落伍，在这个时代，研发工作大部分交给了人工智能。而我这个博士不但读不懂研发报告，甚至连电脑都不会使用——现在的电脑键盘都以完全不同的方式排列。

我和同事的关系也好不到哪里去，他们大都是精英。我的工作能力自然不会博得他们的好感，他们虽然因为我和老板的关系不会明说，但蔑视写在眼睛里。他们的聊天中经常出现我听不懂的词汇和根本不知道笑点在哪里的笑话，我虚心请教过几次，他们一边解释一边流露出毫不掩饰的惊讶表情，就像看着一个从清朝穿越来的怪人。后来，我也不再问了。

甚至上个街都不自在，智能网络已经渗透到了生活的方方面面，不了解就寸步难行。有一次，我在一家餐厅外面转了半天都没找到门，还是一个路人告诉我，这里的墙就是门，只要你走过去，它就会自动分开。还有一次，我只是想去两三个街区开外的市场，但迷了路，莫名其妙地走进了一列看上去有点儿奇怪的地铁，进了车厢后，我忽然被自动跳出来的安全带反扣在座位上，几分钟后，列车从一个发射井里以疯狂的加速度射入太空，等它到达一万多千米外的太空城，我已

经吐得满地都是……

不过也不能说全无好事。就在那次误打误撞的太空之旅中，我认识了一个女作家。她对我有点儿兴趣，几天后约我出来采访，说她想写一本关于冬眠生活的书。我们去了一家酒吧，我一五一十地告诉她自己的经历，不知不觉越说越多，越说越醉。第二天早上，我发现她一丝不挂地睡在我身边，而方薇正在外面吃早餐。

方薇好像不在意这事，但这却令我更无法接受。我搬出了她的家，女作家又找了我几次，但我没再理会她。后来我也懒得去上班了，向政府申请了低保福利，分到了一间斗室，每天抽着烟，喝着酒，在那里看二十年前的影视节目解闷。

“你应该去心理矫正中心接受治疗，”几个月后，方薇找到我，对我说，“冬眠者不适应社会变迁是常见的问题，他们会有办法的。”

“我没病，”我叼着一根香烟说，“去什么矫正中心？我就是不想去上班而已。”

方薇皱了皱眉头，似乎在勉强抑制着怒火：“那你回学校去再学习两年吧，至少掌握一些实用的生活技能。”

我讨厌她替我做决定的样子：“方薇，咱们已经没关系了。这是我的人生，不需要你安排。”

“是你的人生，可你过成了什么样子？你想过没有，等过几年轩轩回来，看到爸爸回来了就是这副模样，会怎么看你？”

“你就很讨他喜欢吗？”我冷笑一声，“他为什么宁愿去土星也不愿意待在你身边？你心里没点儿数？是谁把孩子教成了仇人一样？”

“你混蛋！这些年该教育孩子的时候你在哪里？”

“我至少没像你一样到处去鬼混！”

我们相互攻击，谩骂，撕咬，明知道不可能吵出结果，却还是忍不住要伤害对方，自己也遍体鳞伤。最后方薇夺门而出，我也坐倒在地上，对着一堆酒瓶和烟头发愣。

这就是我要的结局吗？我想，为了穿越时光陪伴家人，我间接害死了母亲，让儿子离家出走，和妻子也反目成仇，多么反讽！我早该在 2025 年按部就班地死去，在亲人朋友的环绕和爱戴中闭上眼睛，那样的人生才是完美的，至少会有一场完美的葬礼……

我想得出神，但骤然间，身体里一阵熟悉的感觉把我带回到 2025 年。下一刻，我发现自己又躺在地上，疼得抽搐。

这不可能，癌症已经治好了啊！我勉强爬起来，想开启家庭智能网络呼救，因为不会使用这种最新版本的家庭网络，我平常一直关着它，一时竟不知怎么打开。胡乱在墙壁按了几下后，就再次倒在地上，身子不停地痉挛着。身上的每一处都在刺痛，这些疼痛点还以自己为中心，向全身各处放射，叠加起来的痛感此起彼伏，无穷无尽，癌症发作时都没那么疼过。我呻吟着，叫喊着，诅咒自己和世上的一切，但很快连声音都发不出来了。

“我的包放在——”不知过了多久，我看到方薇的脚出现在面前，我勉力向她伸出手，从喉咙中发出“咯咯”的声音。方薇发现了我，俯下身，惊惶地问：“林宇，你怎么了？你说话啊！”

我却终于昏了过去。

等我恢复了一点儿意识，发现自己回到了冬眠中心那间熟悉的房间里，金医生和其他工作人员围在我身边。

“林先生，非常非常抱歉，”金医生表情凝重地说，“我们发现新疗法有一些隐秘的缺陷，不是对所有人都有用。智能细胞清除掉了癌细胞后，还是在您身上不断地复制，无差别地杀戮着您的身体细胞，速度非常快，目前您的身体情况十分危急。”

这么说，我等于用一种癌症换了另一种癌症。我想骂他，但说不出口，身上还是疼得厉害。

“这个问题我们现在无力解决，只有留待将来，因为这次将您唤醒是我们中心的责任，我们将会负责您以后的冬眠费用，没有限期。您将再次进入冬眠，但因为情况危急，无法每年醒来，只有到确定可以解决这个问题之后，您才会再次被唤醒。”

我将再次睡去，不知何时醒来，也许是五十年后，也许是一百年，这么说来，我和这个世界或许是永别了。我抬起眼皮，习惯性地寻找着方薇，发现她站在房间的另一角，关切地望着我，宛如每一次进入冬眠时的样子。

“方……”我想叫她，但几乎没有开口的力气，只吐出了一个微弱的音节，方薇却听到了，走上前来，抓住我的手。

“对……不……不……”我想说“对不起”，却怎么也说不完。

方薇摇了摇头：“放心，我会等你醒来，就像以前那样。”

我感到两行泪水从眼角沿着脸边淌下，我错过了和方薇之间重新开始的机会，永远错过了。

“不能再耽搁了，”我听到金医生说，“他的情况每一秒钟都在恶化，必须马上冬眠。”

黑暗再次笼罩了下来，我沉入到没有时间的深渊里，但方薇的手仿佛一直在握着我的，一直，没有分开。

2075

我好像做了一个很长的梦，梦见自己穿越时间，回到了2025年的春天。我没有生病，和方薇相爱如初，妈妈也仍然健在。轩轩变回了婴儿车中的宝宝，我们一起推着他，欢声笑语，在有葡萄架和喷泉的美丽庭院中散步。

然后我睁开眼睛，宛如某天早上酣睡后的自然苏醒，神智清晰，精神饱满，发现自己真的回到了自家的老房间里，眼前是装饰着古典壁画的天花板，华美的水晶吊灯从顶上垂下来，在早晨的阳光中闪着迷人的光彩。

我渐渐完全清醒过来，自嘲地一笑：这不过是虚拟实境的效果。我把目光投到床边。又看到了年轻时的方薇，她抱着婴儿时的轩轩，看起来只有半岁左右，显然，他们也是虚拟实境中的幻象。

但方薇在脸上绽放出笑容："你醒了？"

我又擦了擦眼睛，看清了她的面容，的确完全是记忆中三十岁时的模样，和后来几次见到的全然不同。只是目光中有和容貌不相符合的沧桑感。

"现在是2075年，"方薇为我解惑，"也就是最初五十年计划中你醒来的那一年。你身上的病情已经得到了根治，现在的你比任何时候都要健康。"

“等等，你是谁？是一个程序吗？”

“连你老婆都不认识了？”方薇笑了笑，“也难怪，八十岁的老太婆了。”

“可你看上去比昨……比 2048 年还年轻啊！”

“我做了器官再造的手术，更换了大部分身体部件，不要以为只有你们冬眠人才能青春永驻。”

“这么说你是真的？不是虚拟实境中的幻象？”我四下环顾起来。

“当然是真的，”方薇微笑着说，“不过，只是一个人格体。”

“什么……体？”

“十年前，意识上传的技术成为现实。大部分人选择了意识上传，进入数字世界，我也面临这个选择，但我还有一件事必须要做，要等你醒来。所以我把自己分成了两个人格体，一个上传，一个留下来……你不用这么看着我，留下来的，当然是比较爱你的那一半。”

我不知怎么接受这一切，这已经超出了我最极端的想象，她是方薇，抑或不是？

“对了，这也是我们的老房子，我买下来了，也不需要多少钱，现在最不值钱的就是房子了。”

“那这孩子……”我把目光投向她怀中，那孩子看上去和轩轩一模一样，如果不是影像，他又是谁？

方薇的笑容隐去不见，微微摇头，对我说：“有件事得告诉你，轩轩他……已经走了。”

走了？那是什么意思？去了别的什么星球，还是也意识上传——

蓦然间，我领悟了她的意思，呼吸变得困难。

“他……怎么……难道也和我一样……”

方薇微微摇头：“那是二十七年前的事，就是你上次冬眠后不久。他们的飞船在穿越土星环的时候遇险，发动机受损，轩轩执行修补任务，土星环中的一颗陨石穿透了他的太空服，他没有来得及回到舱内，就停止了呼吸，但他拯救了飞船上的三百八十五个人。”方薇的语气很平静，甚至有几分骄傲，对她来讲这已经是二十七年前的事了。

我没有悲痛欲绝，也没有歇斯底里，实际上我不知道怎么接受这件事。成年的儿子我只见过一次，闹得很不愉快，后来就音信全无，如今又过了二十多年，妻子——还是妻子的一半——告诉我，他早已死了。

死去的是那个对我咆哮的裸体青年，还是那个对我甜甜笑着的小家伙，又或者是那个襁褓中啼哭的婴儿？我不知道。对我来说，这五十年中的事发生得太快，快到我没有办法真正理解它们的意义。

“那……那这个孩子是……”

方薇却没有正面回答：“轩轩去世后，我收到了两封电子邮件。”

“两封……电子邮件？”

“2048年，他去世前夕写的，一封给你，一封给我。给你的那封信，二十多年来我都没有打开过。我想应该尊重轩轩的遗愿，你应该是第一个读到它的人。”

我的呼吸开始急促：“那邮件在哪里？”

方薇伸出手指，在空中虚点了几下，大概是在现实增强界面中调出邮件，我以为会出现一些悬浮的文字之类，但下一刹那，我看到了一个似曾相识的青年悬浮在自己面前，忧伤地望着我。

“轩轩？”我颤抖着问，伸出手，手掌摸了个空，只从他半透明的身上划过，带起一圈圈波纹，宛如魂灵。

他点点头，好像听到了我的呼唤：“爸，我是轩轩。”

他的身体慢慢旋转着，如同在无重力的环境中，我明白过来，这一定是他在飞船上最后录制的视频。

他望向我，目光变得成熟了很多，说：

当您看到这样的我的时候，我已经离开了世界，结束了短暂的一生。

说来我人生最早的记忆之一，就是去冬眠中心看您，妈妈让我叫您爸爸，然后您跟我一起玩或者讲故事。那是四岁或者五岁的时候。更早的那几年，听妈妈说我也是每年和您共度一天，但很遗憾，我不记得了。不过想必您还记得很清楚吧。对您来说，那也不过是不久前的事。

我想到那一个又一个叫或者拒绝叫“爸爸”的孩子套娃，一切还宛如昨日，不自主地点头，眼眶开始湿润。

我每年都会跟妈妈去看您，也曾有过美好的回忆。但后来，我越来越不喜欢去了。我跟您说的东西，您都不知道，新的玩具，您也不会玩儿，玩儿不到一起去。您也不能像我那些同学的爸爸那样，送给他们漂亮的飞车，还经常不是呕吐就是晕倒，每年去看您有什么意思呢？要不是每次妈妈好说歹说，许诺给我这个那个，我才不去呢。

我不爱您，甚至曾经恨您。妈妈骗我说您是太空猴王，有一天会从沉睡中醒来，拯救世界。我一度信以为真，还把这个拿去四处吹牛，结果同学们知道真相后，纷纷讥笑我，说我有个睡美人爸爸。最后我明白了，您就是个奄奄一息的绝症患者，还花了家里一大笔钱。我知道这不是您的错，可对您的厌恶却与日俱增。

我也讨厌妈妈，她要么压根儿不管我，要么就是疾言厉色地训斥，烦透了。她有钱，但她名声也不好，有人说她为了做生意，跟很多人睡过觉……整个家里，我感受不到温暖，所以一有机会，我就想离开这个家，那次和您的冲突后不久，我就去了太空城。

最后一次见到您的时候，我是多么刻薄地嘲讽您啊，最近我才明白自己的幼稚可笑，但已经太晚了。也许现在，就是我的报应到了。

“不，”我忍不住说，“是爸爸没有尽到责任，你说的都对，爸爸答应过会去幼儿园接你，让同学们都知道你也有爸爸，但从来没去过……”

轩轩当然没有听到我的话，他继续说下去：

在太空城的时候，我认识了一个女孩，我们感情很快升温，虽然根本没有条件，我们还是偷偷在一起了，结果她意外有了我的孩子。为此我们承担了太大的压力，最后她生下了一个女儿，可因为太空城条件简陋，她竟因为产后大出血而去世了。

孩子当然只有靠我。我给她取名叫林多，意思是多出来的孩子，小名多多。经济压力就让我喘不过气，我还要工作，也没有时间照顾她。当然，我想过回地球找妈妈帮忙解决，但总觉得太丢人了，我这才明白，当一个好父亲不是那么容易。勉强养了多多半年后，我决定让她进入冬眠，后来我参加了土星任务，其实也是为了钱。我想，十年后等我回来会有很多钱，到时候就唤醒女儿，和她一起过好日子。可现在想来，也不过是把责任推到未来罢了。

后来很多年中，我没有太想念多多，但此刻，她的面容却清晰地浮现在我面前，特别是她甜笑的样子，让我魂牵梦萦。我真想看到她长大以后有多漂亮，但我也许再也见不到她了。

飞船在穿过土星环时受到撞击，发动机上的关键部件破损，我要去舱外进行修理作业，那里到处都是小石头和冰块，非常危险。我曾幻想自己是盖世英雄，但事到临头，却发现根本不是。已经死了两个宇航员，我不想为救别人去死，我只想平平安安地回到地球，和多多在一起。

但总需要有一个人去执行这个任务，要不然所有人都会在这里送命。而算来算去，我是最合适的人选。多多也许再也见不到我，我对她的爱与愧疚，她也许永远不会明白。

此时，此刻，在离家乡十几亿千米之外，我明白了您的心境。每一代人理解不了父母，直到自己也身为父母的那一天。有的人可以弥补，有的人却没有了机会。我总算有幸成为一个父亲，也像其他父亲一样希望看到自己的孩子长大成人，但也许我做不到了。

如果我不能活着回来——飞船的电脑系统判断可能性高达 56.7%——我有一个请求，虽然我相信，不用说你们也会去做，但作为一个不孝的儿子，也是一个不称职的父亲，我还是想要正式地请求您和妈妈在未来的恰当时机唤醒多多，抚养她长大。她就沉睡在澳大利亚墨尔本的第三冬眠中心，冬眠舱号码是 GX5763。

当然，我更希望您不会看到这封信。那样的话，几年后我会抱着多多回来，和您相聚，向您认错，希望能和已经痊愈了的您共享三代人的天伦之乐。

但愿有那么一天……

说到最后，我的视线已在泪水中模糊一片。轩轩也哭了，对我深深鞠了一躬，年轻的身影在一团朦胧中消失。我无法抑制地痛哭出声，不光是为轩轩，也是为了多多，为了方薇，为了我自己，为了母亲，为了早逝的父亲。

泪水也从方薇的眼角滚落，她擦了擦眼泪说：“我知道，你一定很想亲自把这个孩子养大。我又等了二十多年……留下了一个自己不去意识上传，就是等着有一天你会醒来，我们能弥补一切，像五十年前那样，一起把多多养大成人。”

多多被我们的声音吵醒，还不明白发生了什么，一撇嘴也哭了起来。方薇泣不成声，我也颤抖着，拥住了妻子和小孙女。我们尽情地哭泣着，又尽情地欢笑着。

多少岁月流去无踪，但终会归来，终会归来——

在一个叫作“家”的地方。

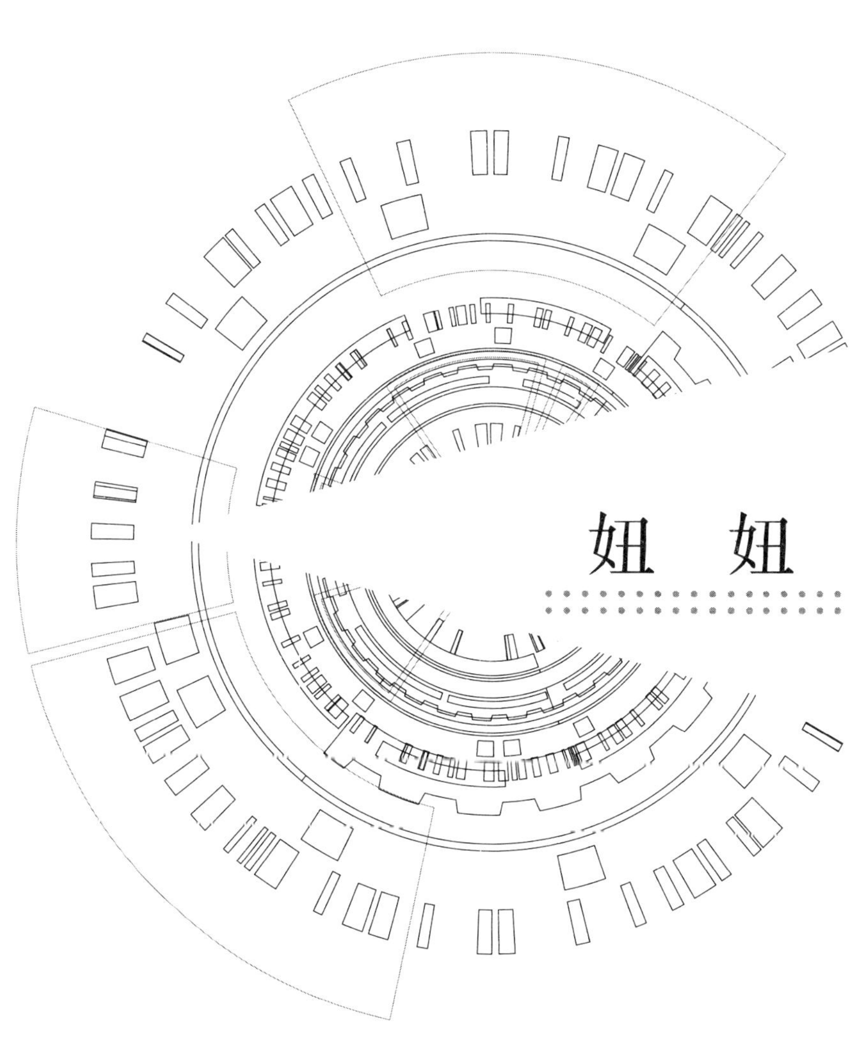

妞 妞

一

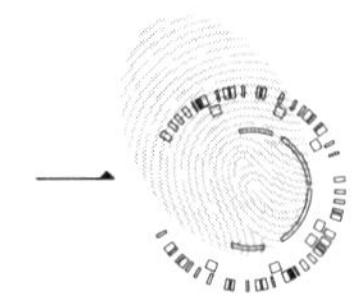

董方至今还清楚地记得那个雨夜。开端似乎很糟糕，恋爱三年，结婚两年，曾经羞涩甜蜜的探索已变成简单草率的例行公事。但那天晚上他还是很有点兴致的，十一点，他在沈兰耳边倾诉一些情趣的要求，沈兰不耐烦地拒绝了，说自己已经很累了，让他快点完事好睡觉。董方争辩了几句，说你曾经答应过我如何如何，今天怎么食言？他忘了这不是讲道理的场合。果然沈兰开始反击，说你也答应过如何如何，结果又如何如何，还好意思问我。争论一起，很快从床笫转移到其他领域，从家务的分配到买房的按揭，从婚前的承诺到公婆的苛刻。最后，董方摔门出了卧室，到书房里开了一局 VR 游戏，去屠杀外星怪兽来宣泄愤懑。

游戏打完已经是一点多了，董方摘下 VR 头盔，才听到窗外惊雷炸响，大雨瓢泼。董方想起一件事，冲进卧室，发现沈兰果然没有睡，而是捂着耳朵蜷缩在被子里，泪水浸湿了半个枕头。董方知道她怕打雷，从小就怕，不知道被这雷声折磨了多长时间。他心里最柔软的地方被揪了起来，立即宣告投降，把她揽入怀中，说对不起，别怕别怕，沈兰哭着捶打着他，说都怪你，恨死你了，却又投入他的怀抱，任他紧紧拥住。紧张的肉体松弛下来，进入相互的勾连缠绕，又再度如弓弦般紧绷。雷电扫过城市上空，狂风刮进大楼之间，雨点敲打着窗玻璃，他们在爱恨交织中撞击，破碎，融合，交错攀上生命的巅峰。

他们已经很久没有这么酣畅淋漓了，之后很长时间也再没有过。所以董方确定地知道，就是那一次，他们有了妞妞。

晚上八点半，晚归的董方打开家门，看到妞妞正在沈兰的脚边玩耍，见到他，嘴角弯弯地笑了，有些笨拙地站起身，跌跌撞撞地向他走来，口中含糊不清地喊着“bababa”，像是在叫爸爸，又像是自言自语。走到他身前，伸手抓住他的衣角。董方知道她是要自己抱，放下公文包，抱起她，把她举得高高的，妞妞露出两排刚长出来的牙齿，发出兴奋的尖叫。

小心点儿，沈兰在一旁说，“不要摔了孩子！”董方答应了一声，又听沈兰说，“欸，你有没有发现？”“发现什么？”董方问。“她会走路了呀！昨天最多还走两三步呢，你看今天她走得多好！可以从房间一头走到另外一头了。”

董方放下妞妞，她马上走了起来。她的确会走了，神气活现地给他们表演，不过她的膝盖还不能弯曲，只能摇摆着身子走，滑稽得像是一只企鹅。走不了几步就摔了一跤，不过下面是地垫，摔得不重，她随即爬起来，却改变了方向，开始绕着他们转圈。

沈兰笑得前仰后合，董方敷衍地笑了笑，笑容渐渐凝固在脸上，但沈兰并未察觉。看这孩子多聪明！沈兰捅了捅他，过几天就能满房间跑了。

差不多吧，每次不都是这样的，董方忍不住说，但说完就后悔了。

笑容从沈兰的脸上消失，她的目光变得阴冷，董方想说点儿什么缓和气氛，身后却传来闷响，妞妞又踩到一个毛绒玩具上跌倒了，这回摔得重了，磕到了头皮，她立刻大哭起来。沈兰无视了董方，跳起身飞奔过去，抱起妞妞，紧紧地把她搂在怀里，说，“宝贝没事儿，妈妈在这里呢。”

“mamama”，妞妞含糊不清地叫着，把头埋进她的怀里。

沈兰抱了她哄了很久，又低头去亲她，瀑布般的长发垂下来，拂在妞妞脸上，逗得她咯咯直笑。董方就像被一种无形的力场所排斥，站在客厅的另一角看着母女俩，昏黄的灯光照在她们身上，宛如怀抱圣子的玛利亚。

二

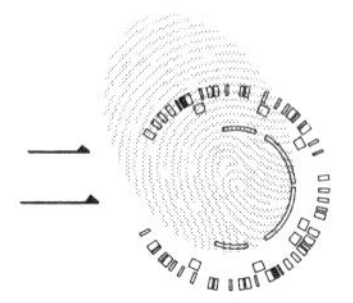

他们是第一次做 B 超的时候知道是个女孩的，医院规定不让问，却只是为增加医生的灰色收入创造了条件。他们倒没有主动提，但医生却跟他们暗示，说有的事医院不让说，不过要知道也不是没有办法，然后沉默了一会儿。其实董方并不是特别想现在知道答案，但此时不问反像是得罪了医生，于是塞过去一百块钱，医生没有接，他又掏了一百，医生才说，孩子像妈妈，挺好的，生男生女都一样嘛，当然如果你们不想要，也有办法。

董方不认为自己重男轻女，也没有太多想过孩子是男是女有什么区别，孩子来得有点儿突然，自从知道后他一直晕晕乎乎的。但知道是女孩后，他还是失落了一下。他发现自己心底还是希望是个男孩，到时候父子俩可以一起开 VR 飞车，打外星怪兽，玩男孩和男人都感兴趣的那些游戏。他很难理解一个女孩对自己意味着什么。

但沈兰很开心，她没搭理医生的暗示，回家的路上，她说是女孩就好了，自己前几天就想到了一个特别好的女孩名字，叫董清宛，预示着孩子会像董小宛那么美，又暗用了“有美一人，清扬婉兮”的诗句。董方不服气地说，男孩也可以起好名字呀，比如叫……叫……董士轩？沈兰说什么乱七八糟的，还董事长呢。董方无奈地笑笑，望向车窗外，将从未存在过的儿子董士轩埋葬在心底。

至于小名，沈兰说也想好了，就叫宛宛，又别致又动听。这个小名倒是让董方心中一动，好像一个清丽柔婉的姑娘已经站在了他面前。那一刻，他不由想起第一次见到沈兰的情景。那还是在大学的时候，也是一个雨天，他从图书馆门口路过时，看到一个穿着轻纱连衣裙的女生站在门口的柱廊下躲雨，长发轻飏，眉目间带着淡淡的忧愁，仿佛一朵雨雾中的百合花。董方忍不住驻足望去，他们目光交错了一刹那。女生的目光中似乎含着期待，却又羞怯地转过头。董方的脚像被无形的磁力吸住。他平常很少和女生搭讪，也不知道该说什么，也许我能送她一程？他想，但又否定了，说不定人家在等朋友甚至男朋友来接呢？这么漂亮的女孩是不会没有男朋友的。想到这里，他苦笑了一下，决定不去干蠢事，扭头走开了。

后来董方想，人生是多么奇妙，两个人，不，三个人的命运都在一个微不足道的瞬间被决定了。如果他当时直接走掉，后面所有的事，所有的事都会不一样。他也许会出国，也许会去南方，但不会来到这座城市，不会和这个叫沈兰的姑娘结婚，当然也不会有妞妞，不会有后来发生的一切。

智能水壶发出温柔的乐声，提示水好了。董方从缥缈的回忆中抬起头，去把水倒进奶瓶，又去冲奶粉。妞妞喝的奶粉是从澳大利亚进口的，用水也是专门提纯过的纯净水，水温还要保持在四十五度，差一点儿都不行。当然妞妞本身并没有特殊要求，随便弄点儿什么都能对付，但是沈兰的要求很高，几乎是偏执。

“好了没有？妞妞急着要喝呢。”还没冲好奶，沈兰就在房间里叫他。董方心里一阵烦躁，就想把奶瓶砸个粉碎，但他还是忍住了。他将牛奶摇晃均匀，端进卧室。妞妞刚洗过澡，正在和沈兰在床上玩儿，小小的身子滚来滚去，一会儿又吸吮手指，看到他拿着奶瓶进来，坐起身来，两眼放光，口中发出“唔唔”的焦急声，董方稍微晚递过去几秒钟，她就哭了起来。沈兰慌忙把奶瓶接过去，抱着妞妞，给她喂奶。妞妞一边喝奶，一边斜瞥着董方，眼角还带着泪花，却仿佛透出狡黠的光。

三

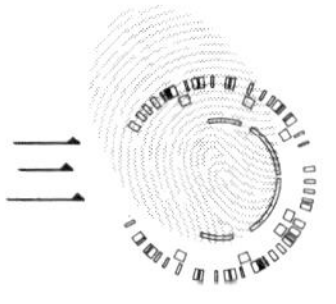

妞妞是喝奶粉长大的。沈兰的奶水少得可怜，生下女儿以后，一开始还尝试母乳喂养，结果喂是喂了，可孩子整晚整晚地哭闹，夫妻俩还以为她是病了，最后才发现是根本没吃饱。所以最后，基本上都得靠奶粉养活。大概因为这个原因，沈兰对女儿也感到歉疚，在网上高价网购了国外最好的奶粉，而且每次只要可能都自己给她喂奶。

女儿的大名定了是董清宛，但小名却很快从“宛宛”变成了“妞妞”。因为他们请了一个月嫂，那女子按她老家的叫法，直接妞妞长妞妞短地叫起来了。董方爸妈当时也在他们家帮着带孩子，挺喜欢这称呼，也跟着叫妞妞，董方也就从众了。也许是因为“宛宛”的发音沉郁深长，适合恋人之间的柔情呼唤，却不适合叫一个小女娃，远不如妞妞这个俗套的称谓轻巧而上口。沈兰有些不满意，只得宣布女儿的“大小名”还是叫宛宛，“小小名”叫妞妞，宣布完之后，她自己也“妞妞妞妞”地叫个不停，谁还管什么大小名小小名呢。

带娃的日子艰难而快乐，度日如年又转瞬即逝。妞妞会笑了，妞妞会翻身了，妞妞会坐起来了。董方和沈兰看着女儿从一条肥嘟嘟的肉虫子变成一只满地爬的小猫咪，再变成一个会说话、会走路、会穿着漂亮衣服照镜子的小姑娘，几乎每天都有新的惊喜给他们。董方曾觉得自己和女儿亲不起来，但其实很快就深深爱上了这丫头。妞妞也非常粘他，看到爸爸就甜甜地笑，哭得厉害时他一抱就不哭了，有时连睡觉都要他陪，搞得沈兰一度很嫉妒。

那是他们一家的黄金时代。董方常常想，事情是从什么时候起开始变得不对的？也许就是去咖啡馆的那一天开始的。

妞妞刚过一岁时，某个客户约了董方在一间咖啡馆见面，结果却临时爽约。董方等待的时候在咖啡馆的书架上看到有一本旧书也叫《妞妞》，觉得好玩儿，就拿下来，要了一杯咖啡边喝边看。结果，那是他这辈子看过的最后悔的一本书，那是一个作家写自己女儿的故事。那个女孩生下来带了绝症，一岁多就去世了。董方翻着翻着发现不对，心里一阵发怵，忙将书像烫手山芋一样扔在桌子上，匆匆结账走了。

回家以后，他开始改叫女儿“宛宛”，沈兰问他为什么，他支吾不答。不过叫了两天，他自己也觉得这种忌讳可笑，天底下叫妞妞的女孩不知道有多少，同名又能怎样？可没过几天，妞妞要去医院检查身体，董方忽然有一种很不好的感觉，仿佛前几天的遭遇是冥冥中的示警，拿体检报告的时候，他发现自己腿在发软。

结果自然是虚惊一场，妞妞健康得不能再健康。他放下了那点儿无谓的担心，也重新叫起了妞妞。他们的妞妞按部就班地成长着，一点点融进父母的生命中。以客观的标准看她不算很美，比同龄的孩子要矮几厘米，头发稀少，眼睛不大，鼻子也有点儿塌，但是这些算什么呢，妞妞笑起来的时候可爱得难以形容，让所有人的心都化了。似乎董方和沈兰从一开始的相遇，都是为了这个天底下最迷人的小精灵的诞生。

妞妞喝了奶，又跟他们玩儿了一会儿，一会儿转到爸爸这边，一会儿又去拍拍妈妈，终于慢慢闭上了眼睛，长长的睫毛垂下来，依偎着父母睡着了。沈兰看了一会儿手机，也关了灯，闭上了眼睛。但董方不能睡，也睡不着。他在黑暗中听着沈兰的呼吸从不规律渐渐趋于均匀悠长，判断她已经进入了熟睡之后，起身抱起妞妞，下床向外走去。

他走进了卫生间，打开了灯。妞妞在灯光下睁开了眼睛，睡眼惺忪，张开小嘴叫了一声“爸爸”。

董方应了一声，给妞妞换尿布，尿布当然并不脏，洁白的奶水在她身体里停留了一会儿，就直接从下身流出，渗进了尿布。她没有拉大便，如果有的话，处理的方式会稍微复杂一点儿，会变成条状，但是脱去了水分，也没什么臭味。实际上养这个小家伙还可以更简单，比如什么东西都不喂，但沈兰坚决不干。

完事后，他把妞妞抱到沙发上，让她面朝外坐在自己的腿上，妞妞还不老实地扭着身子，咿咿呀呀地手脚乱动。董方把手伸到她后脑处，在柔嫩的头发里拨弄了两下，还带着头发的后脑勺就弹开了，露出了内部深深的电池槽。他把里面的两块电池抠出来，整个头颅几乎空了一半，一瞬间，妞妞失去了一切生命力，身子瘫软下来，倒在他身上。

刚开始的时候，董方给她换电池的时候手都会发软，但现在早已驾轻就熟了。董方把电池拿去充电，又去储藏间拿了充好的备用电池，走到沙发前，要给妞妞换上。但一瞥间，见到她小小的身子就那么躺在那里，一动不动，就像最后那天见到的一样，董方心知不妙，挣扎着想逃开，但一瞬间，回忆还是把他拖入了痛楚的泥淖。

四

妞妞是在两岁生日前一天出的事。

爷爷奶奶要过来给妞妞过生日，所以沈兰决定把房间好好打扫一遍。本来妞妞有一个保姆看着，可不巧那天保姆请假了，董方又在公司加班，所以沈兰只有自己一边带娃，一边做家务。

一架微型无人机跟着妞妞，总是停留在她眼前一米左右的地方。无人机的大小和蜂鸟相似，上面有一个摄像头。这种蜂机主要是为了监控孩子研发的，这年头保姆都不太靠谱，父母因为太宝贝孩子，总要随时看到她才放心。当然也不仅是监控保姆，摄像头远程连接着董方在公司的电脑，董方的电脑屏幕下方有一个小窗口，随时可以查看无人机所拍摄的画面，所以隔着半个城市，董方也能随时看到女儿的笑靥，想到自己赚钱是为了让女儿明年上一个好的幼儿园，工作起来也多了几分干劲。

所以，董方和沈兰同时目睹了那一幕。

妞妞在客厅的塑料垫上玩着一种智能积木。这种新研发的玩具能

自动变形组合拼接，变出千奇百怪的花样，很受幼儿的喜欢，最近妞妞可以心无旁骛地玩上一两个小时，所以沈兰也就很放心地干自己的家务，再说如果有什么危险举动，蜂机也会发出警报。她为了扫地方便，把一把椅子随手拉到了飘窗边上，飘窗的窗户也拉开通风。

过了一会儿，妞妞抬起头，看了一眼窗子，显然一个有趣的念头在她脑海里闪现，她嘻嘻一笑，爬起来，朝那边奔了过去，嘴里嘟嘟嗒嗒叫个不停。当时董方见到了这一幕，但蜂机的摄像头对准的是妞妞的脸而不是后脑勺，他无法判断妞妞要干什么，再说也没留心去想，他手头还有一个报表急着要完成。

妞妞以前爬不上椅子，而且飘窗边上有为孩子设的护栏，照理几乎不可能出事。但妞妞每一天都在成长，每一天身体都在变得更壮，她这次轻松爬上了椅子，又借助椅子翻过了护栏，走到了窗边，还在继续向陌生领域探索。等到沈兰发现的时候，妞妞的一只脚已经越过了窗沿，跨坐在窗户上，和外面的世界之间不存在任何隔挡。完成了这一系列高难度动作，她很开心，朝着沈兰甜甜地笑着，嘴里叫着“妈妈！妈妈！”让沈兰看看自己的壮举。

沈兰回过头，看到了这惊心的一幕，她慌忙朝妞妞奔去，两三步就到了飘窗边，去抓妞妞的手臂。与此同时，在公司里，董方的目光移到了屏幕下方的小窗口，看清了妞妞在哪里，手一抖，手上的一杯咖啡落地，摔得粉碎。

本来这一切还有机会止步于一场虚惊，但这时候蜂机坏了事。它的智能系统终于判断出小主人处于危险状态，发出醒目的红光，伴着尖锐刺耳的报警声。这却起了反作用，妞妞受到了惊吓，身子一抖，本能地朝窗外躲闪，打破了脆弱的平衡。一瞬间，她小小的身体从七楼的窗口消失了。

沈兰去抓妞妞的手只差了一步抓了个空，她发出一声撕心裂肺的尖叫，软软地倒在了窗边。

她比董方还幸运一点儿。董方呆滞的目光随着忠实追随妞妞俯冲下去的蜂机，看到了女儿的最后几秒钟。大楼的外墙向镜头外飞掠，地面的行人和车辆迅速变大，宛如电影特效中的惊悚场面。妞妞的瞳孔中映照出天空上的白云，她还不明白发生了什么，但显然是受到了惊吓，手脚乱动，扁了扁嘴，想要哭出声来。以前每次她只要这样一哭，就可以得到亲人们最温柔的拥抱和照料。

但这次不会了。大地迎向镜头，随着一声沉闷的撞击声，她的表情永远凝滞在了将哭未哭的那一刻。鲜红的颜色迅速充满了画面的其他部分。

董方摇摇欲坠，扶住茶几，闭上眼睛，又睁开眼睛。闭上眼睛，他看到当年的女儿，睁开眼睛，又看到眼前的妞妞。她们一模一样，难以分别。

但妞妞已经死了，董方想，火化了，下葬了，我亲自埋葬的。但她的模样又一直在这里，不断地勾起我不堪的回忆。日复一日，年复一年。这是怎样残忍的生活啊？我为什么还要忍受？

狂怒在他心中涌起，他伸手扼住了沙发上那个小女孩的脖子，一手把她提了起来。你不是我的妞妞，他说，从来就不是，假的，骗人的！

他可以稍用力气就捏碎她的脖子，那是她身上最脆弱的构造之一。但细嫩的脖颈虽没有脉搏，却还带着人体的温暖，女孩闭着眼睛，面容宛如在母亲子宫里一样恬静，如在沉睡中。没有人会忍心伤害这样柔弱的一个孩子，不论她是真是假。

力气从董方的手臂上消失了，他长叹一声，把她扔回到沙发上。低声咒骂了两声，将电池装进女孩的后脑部，又把翻起的脑壳合上。妞妞迅速活了过来，翻过身，对着他奶声奶气地喊“爸爸，爸爸”。一直以来，这声音仿佛塞壬的歌声迷惑着他，把他诱向毁灭的漩涡。

你不是妞妞，董方喃喃说，我再也不会上当了。

妞妞无辜地眨了眨眼，又喊了一声：“爸爸。”

五

妞妞出事以后，大部分的压力都落到了沈兰头上。毕竟妞妞是在她眼皮底下匪夷所思地坠下了高楼。她在邻居的窃窃私语中被警察带走，呆呆地仿佛还不明白发生了什么。她险些以过失致人死亡被起诉，但警方最后放弃了追究。董方接她出来的时候，发现她披头散发，神情恍惚，憔悴得不成人形。

“董方你相信我”，她一上来抓住他的胳膊，边哭边说，“我不是有意的，我真的真的没想到，我怎么就那么蠢呢，我想死的心都有了，爸妈一定在怪我，是不是？你是不是也在怪我？”

董方把头转向一边，干涩地说：“算了，这都是命。爸妈那边，我跟他们说过了，他们回老家去了。”董方没有提到他爸高血压发作住院的事。

那就好，那就好。沈兰看上去松了一口气，擦了擦眼睛，那妞妞怎么样了？她在医院吗？她很难受是不是？她这几天看不到我，有没有想我?

董方停下了脚步，愕然盯着自己的妻子。

你怎么了？我脸上有什么吗?

你难道不知道，妞妞——

没事的，妞妞一定没事的，沈兰神经质地打断了他，她在家里等我呢，我们赶紧回去，回家。

有一刹那,董方觉得是自己出了毛病,妞妞好好的,什么事也没有,是自己做了一场噩梦。他恍恍惚惚地跟着沈兰回到家里，渴盼着保姆把她抱出来,但是没有,哪里没有妞妞的影子。然而妞妞的尿布、衣服、玩具和图画书还散落在房间的每一个角落，她仿佛随时会从卧房里或者沙发后面跳出来一样。这几天他都不敢在家里待着，一切几乎还是维持着那一天出事前的样子。沈兰一进门，一分钟没休息，就开始扫地和收拾房间，甚至开始擦洗妞妞的玩具。

董方定了定神，终于开口说，兰，你在干什么啊？妞妞已经——

妞妞跟爷爷奶奶回老家了，沈兰抬起头，对董方说，过几天就回来了吧？她的声音表面平静，却在微微发颤，眼神里带着绝望的希冀，像是一个即将渴死的人在哀求最后一滴水。

董方想怒骂她，想告诉她别再自欺欺人，但最后只是移开目光，低声说，对，爸妈带妞妞回老家去了，过一阵子回来。

董方给一个当心理医生的老同学打电话，向他咨询妻子的情况。同学告诉他，沈兰只是暂时无法接受女儿的死，拒绝承认这一切，只要不刺激她，过一段时间就会好了。

董方理解沈兰，他自己又何尝能够接受。但时光会戳穿一切幻象，抹平一切伤口，让每个人都面对真相。给她一点儿时间吧。

不久后，他又经过那家咖啡馆，他忽然决定进去，再去看看那本

《妞妞》。这本曾令他恐惧的书这次却奇妙地给他以某种慰藉。他的妞妞走得很安详，一切就是瞬间的事，她应该是什么也不知道，什么也没想，就结束了一切。对她来说就像是睡着了，不会有任何痛苦。至少比书里那个受尽病魔折磨的孩子幸运多了。

人生就是不断地死去。董方有时想，他见过自己两三岁时的照片，也听父母说过那时的情景，但他一点儿也记不起来。当时他住在南方一个小县城里，最初学会的是吴侬软语，不过四岁的时候，他就跟着父母一起搬到了北方，早就一口标准的普通话，有时候回到老家，听旁人说方言，几乎是一点儿也听不懂。

那时候的董方，那个天真稚嫩、一口南方土话的孩子，当然早已经不存在了。童年的董方，少年的董方，甚至认识沈兰之前的董方也都不存在了。如果妞妞还在世，现在也是一个六七岁的孩子，都该蹦蹦跳跳地上学去了，再不是那个走路都不稳的幼儿。所以当年的妞妞也相当于死去了，被一个又一个新的妞妞取代。如此说来，又有什么好难过的呢。

但董方知道这是诡辩，他失去的不是一个妞妞，而是许许多多个妞妞。三岁的妞妞，五岁的妞妞，十岁的妞妞……她们宛如逆着时间之流的方向跑来，风一般掠过董方和沈兰身边，脸都看不清楚，就一个接一个跑进了无法追回的过去，跑回到那个在风中坠落的孩子身上，烟消云散。董方想，生命是如此漫长，他的未来还会与一个又一个本来存在过的妞妞擦肩而过，十五岁的妞妞——不，那时候应该叫董清宛了——二十岁的董清宛，三十岁的董清宛，四十岁的……她们会带着自己的人生和事业，性格与爱恋，欢乐或忧伤，从他们本来会相遇的一个个时间点掠过，返回过去，返回那个悲剧发生的时刻，在那个瞬间，一切的她们都不存在了。

但这种痛苦仍然给他以某种安慰，仿佛有另外一个世界，妞妞在那个世界还在长大成人。也许世界从那一刻开始就分成了两个，在一个世界里沈兰抓住了妞妞，所以什么都没有发生，他只是不幸掉到了另一个世界里。他和妞妞就此分别，渐行渐远，再也无法相见。但在彼此的世界里，他们都能有各自的新生活。

而不像现在这样。

妞妞还在左右扭动，董方把她的耳朵旋了半圈，她立刻就睡着了，这是他设置的快捷方式，不过从未告诉过沈兰。她无法忍受他把这个"女儿"当成玩具一样对待。

他把妞妞抱回卧室的床上，沈兰迷迷糊糊地搂住了她。妞妞每天都要换一次电池，虽然也可以直接充电，但那需要的时间会更久。换电池是最煞风景又不得不做的事，董方只有在沈兰熟睡的时候才去进行。多年来，沈兰从未醒来，他有时甚至觉得，沈兰或许是故意的，至少是潜意识里有着共谋。她不愿意面对自己其实心知肚明的真相。

董方躺在她们身边，睁着眼睛盯着头顶穿不透的黑暗，几乎整宿的无法合眼。这已不是第一次了，而且最近越来越多。每次当他失眠的时候，都会想起一个名字，一个从未存在的人的名字，却从未从他脑海消逝。

董士轩。

六

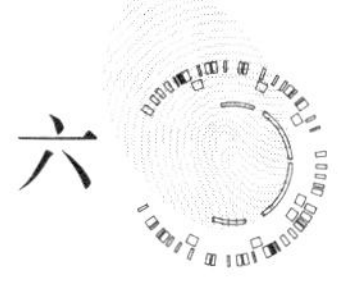

董方再次想到董士轩这个名字，是在妞妞走了半年以后。

对董方来讲，沈兰的癔病不完全是一件坏事。他至少找到一件可以做的事，帮他从自己的悲痛中走出来。他开始翻看心理学和精神病学方面的书，想出治疗妻子的方案。首先是把妞妞的东西都收起来，他告诉沈兰，这次妞妞要跟爷爷奶奶住上很长一段时间，这些东西要寄过去。沈兰没有阻止，也没有和公婆联系，要求和妞妞视频通话之类的。董方觉得同学的话是对的，沈兰在心底知道发生了什么，只是不肯接受。

那段时间，妞妞所有的用品和玩具都被董方封进了箱子，装了十几箱，他想扔掉，但却下不了狠心，最后放进了储藏室的角落。渐渐地，沈兰也越来越少提到妞妞，只是长时间地对着墙上挂着的几张妞妞的照片发怔。最后董方试探地把那些照片也取下来，沈兰没有说什么，董方只是有一次看到，她对着空白的墙壁悄悄抹泪。

他们谁也没提妞妞的死，但董方感到沈兰已经默默承认了这一点。他们的家恢复到了妞妞出生前的样子。董方想起没有妞妞时他们的生活，并不太久却已恍如隔世。董方在伤感中也有一丝释然，他们的婚姻回到了原点，也会再次出发。

不知从什么时候起，董士轩几个字又在董方脑海中浮现。他想，也许那不只是一个名字，而是一个预示。也许他仍然可以让这孩子来到人间，敉平他们所有的伤痛。也许妞妞的一切只是他们生命的插曲，而董士轩才是真正的华彩乐章。当然不一定是男孩，也许还是个女娃，谁知道呢，女孩可以叫董诗萱。一个新的孩子能拯救他们的人生，一个新的孩子。

不过生孩子的事还没正式提上日程，董方知道这事急不来，沈兰还没有做好准备，那个命中注定的孩子要等待更美好的时机才能来到他们的生命中。他精心安排了一次二人的邮轮之旅。邮轮会去往南太平洋的好几个岛国，见识异国风情。这本来是他们在婚前曾计划过的蜜月旅行，但因为囊中羞涩而放弃了。如今董方重拾起这个计划，一下子就得到了沈兰热烈的响应。董方看到沈兰的眼中绽放出消失了许久的少女时代的光彩，这让他更加兴奋。他们讨论了好多天该带什么，要去哪些地方，怎么玩儿，怎么吃，说到高兴时笑成一团，就像两个孩子。

董方渴望着这次梦幻般的旅行。有整整两个月的时间，他们可以在南方的熏风下经过蓝得沁人心脾的海面，白天鲸豚伴游，夜里星河闪耀。他们会抵达一个个异域风情的海岸，去领略那些完全不同的生活。他们还可以在暴风雨的大海上激浪，或者在无人的白色沙滩上亲吻。生命将重新焕发光彩，翱翔天际。

出发前三天的晚上，董方为了赶工完成上面交代的项目，连轴开了好几个会，九点下班时，才发现有个诡异的陌生号码给他打了七八个电话，但他因静音没有听到。董方拨回去，却无法接通。他没有太在意，多半是工作上的事。他只希望不会干扰到他已经计划了几个月的旅行。

所以他毫无防备地回到家，一开门就看到一个陌生女人站在自己面前，不认识又似乎在哪里见过，他最初还以为是沈兰的朋友。

您是？

女人微微一笑，董先生，你不记得我了吗？声音沙哑而富有磁性，很特别，很熟悉。

一声惊雷在董方脑中炸响。他想起来在哪里见过她了。事情已经过去了快一年，他几乎以为那是一场梦。

董方结结巴巴地开口，吐不出完整的句子，你——你是——难道——

爸爸！

女人背后响起了一个童声，声音稚嫩而响亮，更熟悉得不能再熟悉。这声音曾千百次在他梦中萦绕，让他在午夜惊醒，发现泪水打湿了枕巾。他一阵晕眩，忘却了周围的一切，如梦游般走向声音的来源。女人自觉地让开，他看到沈兰就站在那里，怀抱着一个小女孩，脸上全是泪痕，却露出他见过的最美丽的笑容。那女孩喊着“爸爸”，朝他伸出小小的手臂。

妞妞，他听到自己说，妞妞！妞妞！

董方扔下公文包，冲向母女俩，把她们揽在怀里，号啕大哭。这一刻，他感到幸福得无以言表，什么工作，什么旅行，什么董士轩，都毫无意义。妞妞回来了，旧日的幸福时光回来了，一个完整的家回来了，这就是他人生最高的意义，唯一的意义。

但是我错了，四年后，董方睁开眼睛想，我大错特错。

他到早上五六点才蒙眬睡去，等醒来，时钟已经接近九点，好在今天是周六，不用上班。外面传来了幼儿的喧闹声，沈兰已经带妞妞起床了。董方从卧室出来，看到桌上放着吃剩下的早点，妞妞已经吃完了早餐，沈兰给她穿上了漂亮的粉红小裙子，要带她去楼下的小公园玩，她正兴奋得手舞足蹈。这一幕在董方眼中熟悉得不能再熟悉。

妈妈，猫猫，董方在心中念叨。

妈妈，妞妞指着门外说，猫猫。意思是她要去外面看猫猫，实际上她分不清猫和狗。沈兰哼着轻快的歌曲，把妞妞放在幼儿车上，给她系上安全带，又亲了她一下。

嘻嘻。

嘻嘻，妞妞笑出了声。

哦哦哦哦！

哦哦哦哦！妞妞高兴地叫道。

挥手。

妞妞抬起双臂，兴奋而笨拙地挥舞了起来。董方知道，每一个看似不经意的动作和声音，都像数学一样严格和精确。

“兰，”董方忍不住开口，“我有点儿事要跟你说。”“等我回来再说吧。”沈兰蹲下来给妞妞整理着衣服，妞妞急着下去玩儿呢。

董方想说什么，但忍住了没开口。烦躁宛如背景噪音般袭来，他看到桌子上放了个红艳艳的苹果，随手拿起来就要往嘴里送。

沈兰忽然横冲过来，把苹果抢到手，哎呀你这人，这是给妞妞带的，你跟女儿抢什么吃的。

董方不禁气往上冲，脱口而出，什么女儿？谁的女儿？

你吃错药了？说什么呢。沈兰头也不回，一边说一边往外走。

你知道我说的是什么，她根本不是你的女儿，她根本不是——人。

沈兰的眼神黯淡了一下，声音也低了下去，但仍然很坚决，现在不说这个，对我来说她就是妞妞，这就够了。

董方终于爆发了：你别骗自己了行吗？妞妞不会永远长不大，不会今天长牙明天又缩回去，不会今天会走明天又只会爬了！你和我一样清楚，这就是一台机器，一个玩偶！你还抱她下去玩儿……你知不知道邻居和保安背后都在怎么议论我们？这种日子我受够了！

董方的咆哮让妞妞“哇”地一声哭了出来，手臂慌张地伸展着，寻找母亲的怀抱。沈兰不及反驳董方，忙心疼地把女孩抱起来，柔声细气地安慰着她。自己的泪水也潸潸而下，妞妞哭得更加伤心了。董方的怒火宛如被一桶凉水浇灭，还带着热气，却也燃不起来。父性的怜爱又在他心中滋长，他明知道这是一种错觉，却无法遏制。为此他更恨自己了。

沈兰抹了抹眼泪，瞪了他一眼，像躲避洪水猛兽一样抱着妞妞出了门，砰地关上门，董方听到她的脚步迅速地远去。

怎么会变成这样的？董方想，这一切的开端曾是奇迹般的美好。

妞妞是回来了，不是吗？但这一切的代价，却是如此可怕。他们被困在了早已消逝的过去里，无法逃脱。就像掉进了一个扭曲时空的黑洞。

如果当初没有答应那个人，也许一切都会完全不同吧。

七

妞妞的骨灰下葬的时候，也是一个雨天。那时沈兰精神还没恢复正常，他父母也在病中，董方只能一个人去操办，他都不知道自己是怎么支撑着忙完了这一切的。

骨灰盒放进小小的石棺后，天上下起了大雨。董方站在墓前，看着自己刚贴上去的那张妞妞的照片想，这里以后就是她的家了。雨水会不会流进墓穴呢，会不会冻着妞妞呢？她听到雷声会害怕吗？从今以后，再没有人会来抱她，晚上也没人会给她加被子，她要是想回家了怎么办呢？她能找到回家的路吗？

大雨浸湿了他的衣服，泪水开始流下来，混入雨水，他渐渐地泣不成声。这时有人拍了拍他，递给他一张纸巾。董方抬头，看到了一个身材很高的中年女人，打着伞，穿着黑色的大衣，面容严肃而不失友善。先生，没事吧？对方问。董方想，她应该是墓地的工作人员。

我女儿死了，董方哽咽着说，她还不到两岁。

女人叹了口气，她一定是你们的心肝宝贝。声音富有磁性。

她把董方拉到了一间休息室里。不知怎么，董方开始对她讲起了妞妞的故事。从在妈妈的肚子里到最后跌出窗外的瞬间，有些他根本不愿意回想的事，还有些除了父母没有人会感兴趣的东西，他都说了出来。他已经憋在心里太长太长时间，却连沈兰都不能去讲。他越说越多，越说越无法自抑。女人默默地听着，只是不时递给他一张纸巾。

倾诉了半天，董方才恢复了一点儿清明，擦了擦眼泪，不好意思地苦笑一下，对不起女士，我都说了些什么呀，耽误你时间了。

没关系，女人说，我就是为你而来的。

董方开始诧异，什么？

如果我说，我有办法让你再见到你的妞妞，会怎么样？

董方愣了一下，随后怒火上涌，瞪着对方。但女人并不着慌，一字一句地说，我不是在拿你开心，也不是精神失常，我有办法让你再次见到妞妞，一模一样的妞妞。

这怎么可能，董方说了半句，忽然明白了什么，你不会是说仿生人吧？

女人却面容严肃地点了点头。

董方怔住了。他依稀知道仿生人技术的发展由来已久，并在几年前取得了突破性的进展，能够利用金属骨架、人工智能芯片和人体生物组织制造出外表可以乱真的生物机器人。这项技术受到了市场的热烈欢迎，但很快声名狼藉：大部分用户都是订制年轻漂亮的俊男靓女来满足个人的私欲，引起了很多争议。甚至一些仿生人因为有意仿制娱乐明星、政坛名人和其他真人的形象还引起了法律纠纷。最后，政府禁止了这项生产。但相应的需求仍然十分强烈，非法的地下产业链也一直存在。但董方从未想过，这些事可能和自己发生关系。

董方回过神来，连连摇头，对不起，我不需要，那根本不是真人。

当然她不是真人，对方从容地说，每个字都充满了魔鬼般的诱惑力。但对你来说也没有什么区别。你说你闭上眼睛，还能够看到妞妞的样子。而我可以承诺，你会再次见到一模一样的妞妞。

一模一样的妞妞。董方怀疑地摇头，不可能真的一模一样吧？

半点不假，您只需要提供给我们足够清晰的影像资料，我们就能进行精确建模，并采用最新的纳米级3D打印技术，能对最精细的皮肤和毛发细节进行控制……技术方面就不多说了，总之，你会看到她甜美的微笑，听到她喊你爸爸，亲她的小脸蛋，拉着她的手学步，和她一起玩耍……她会永远陪在你身边，再不分离。

董方踉跄退了两步，仿佛真的看到女儿欢笑着向自己奔来，他挥挥手，驱散这些甜美的幻象。但是……那不是真的。

即便她不是真的，也是一张立体的照片，一个活的雕像，这不也是对妞妞最好的纪念吗？

不，还是不用了，董方摇头，试图抵御着越来越强烈的诱惑，我知道制造一个仿生人很贵的，我们也没那么多钱。

女人笑了笑，似乎早就猜到了他的理由。没有您想的那么贵，是一个您完全可以负担的金额。而且目前也不用钱，您只需要做一个简单的登记，将妞妞的有关资料传给我们，等到完成了，我们会把新的妞妞送到府上，到时再付款。如果您有任何不满意的地方，半年内随时可以退掉，分文不取。

那你们不是损失大了吗？

没关系的，女人露出诚挚的笑容，客户的满意就是我们最高的需求。

最后，董方鬼使神差地做了登记，将妞妞所有的照片和视频都发到了对方指定的网络地址上。此后他也期盼了一段日子，但对方如泥牛入海，再也没有消息。董方想，多半是这个地下仿生人工厂被查禁了，好在他本人没有损失。

直到那天，那个女人带着妞妞找到了他家。董方才理解，为什么女人敢不收任何定金就接下了这个订单，因为实际上几乎没有风险。见到死去亲人的归来，根本不可能再去退货，就是付多十倍的钱也愿意。

不过那费用的确不菲，环球旅行的计划取消了，另外几张卡也都被提空。但是挚爱的妞妞回来了，这些又算什么呢。有整整一年，他们都沉浸在女儿失而复得的幸福中。

沈兰完全照着以前的方式养育妞妞，妞妞也重复了之前的生活轨迹，她似乎在一点点长大，身材从婴儿变成幼童，慢慢学会了走路，也学会了说一些简单的词汇。但某一天，她恢复了刚来时的样子。

董方打电话去咨询，才知道是怎么回事。仿生人本质上是一部机器，对仿生幼童来说就更加明显了：他们无法真正成长，顶多是机械骨骼有局部伸缩的功能，肌肉可以有一些变形，牙齿可以进出牙龈……看上去最多可以从一岁变到两岁左右。但当然不可能长大。人工智能的算法和肢体控制方式可以让他们有一定的变化，从爬行到走路，从不会说话到说出简单的语句，但这种发展是不可持续的。此后，他们可以维持在某个阶段，也可以从头再来过，让孩子再次“成长”。沈兰选择了后者，或许是因为这样才让她更有带孩子的乐趣。

新的妞妞的到来已经有四年，也经过了四次生长。第一年，董方对这孩子的感情不下于妞妞本人；第二年，他的热情开始冷却；第三年，他开始日益厌倦这种游戏；到了第四年，他已经快要发疯了。董方觉得自己仿佛掉进了永无止休的时间圆环。妞妞刚会走路又开始满地爬，刚会说话转眼又忘得一干二净。每一天发生的事都好像在一年、两年、三年前都发生过了，甚至五年前早已在真正的妞妞身上发生过了。

但同样的日子还在继续，他头上已经长出了白发，父母也相继去世，但妞妞永远是一岁多两岁不到，永远是一个长不大的小女孩，和他们玩儿着似是而非的亲子游戏。这样的日子什么时候才是尽头？他们什么时候才能够看到未来？

但沈兰不一样，她完全投入了这个旷日持久的带娃游戏，即便一次次周而复始的循环也无怨无悔。董方不明白这是为什么。为了这台机器，她甚至不想再生第二胎。再等一等，她总是对董方说，再等一等吧，现在还不是时候。当然了，现在妞妞最需要人的照顾，而她的需求永无止境，因为她根本不会长大。那个时机——孕育董士轩的时机，被无穷推迟，也许再也不会到来。

必须有一个了结，这个清晨，董方再清楚不过地意识到，这个荒谬的游戏正在吞噬他们的人生，也是还没有存在的董士轩的人生。

它必须结束了。

八

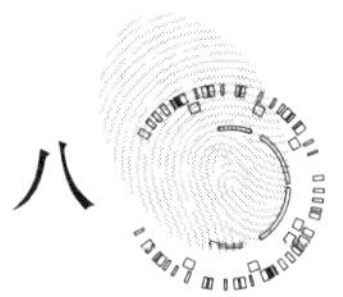

沈兰出去了很久，董方打电话也没人接，下午才带妞妞回来。打开门，一个小小的身影迈动着小腿着进来，爸爸，爸爸，她喊着，投入董方的怀抱。她显然已经忘记了董方早上的怒吼，当然，她本质上也记不下任何事情，一切都是固定程序的安排。

董方抱起了她。沈兰走到他面前，表情平静，你要谈什么？我们谈吧。

董方放下妞妞，指了指地上的智能变形玩具，妞妞兴高采烈地扑过去，玩了起来。董方把沈兰拉到书房，虚掩上门，说，对不起，也许我的话有点儿刺耳，但这孩子是——

你放心，我没有疯，沈兰说，我知道这孩子是什么，但那又怎么样呢？董方，你就不能让我像养小宠物一样养着她吗？

如果是小宠物那就好了！但你完全是把她当成亲生女儿看待！你叫她妞妞，给她吃和妞妞——我们的妞妞——一样的进口奶粉，一样的高级辅食，一样的水果蔬菜……而这些她根本就不需要！你还给她玩妞妞的高级玩具，带她出去散步，晚上也抱着她睡觉，简直比小保姆还辛苦！兰，这些年你一直没有上班，待在家里伺候一个仿生人，你不觉得是走火入魔了吗？

走火入魔？我只是很喜欢妞……很喜欢她，我想去照顾她，那又怎么样？你玩那些 VR 游戏的时候不也经常废寝忘食吗？

董方没搭理这个不伦不类的类比：我也喜欢她，你知道的。我没有反对她在我们家里，但我们不再年轻了，我们得开始新生活，更有希望的生活。这些年我一直想要个孩子，男孩也好，女孩也好，总之是一个新的孩子，一个不是这个妞妞的孩子，一个能长大能上学的孩子。但是你——每次你都——

我也想过再生个孩子，沈兰的声音开始颤抖，两行清亮的泪水从她眼角流下来，我也想有个能长大的孩子。但是每次我都想，如果我们有了新的孩子，他还能越长越大，去读书去上学，我们大家都过上了新的生活，妞妞要怎么办呢？我们没法再花时间照顾她。那孩子又怎么看待这个姐姐呢？难道我们把她像一个旧玩具一样扔在储藏间里，逢年过节拿出来玩一玩吗？我们不能这么对她。

又来了又来了，董方一阵烦躁，你总是把她当成真人，去考虑她的感受，这就是你的问题。她不是真的！她甚至连机器人都不算。

胡说，她也许没那么聪明，但她是一个……是一个和妞妞一样的……我不知道怎么说。

我知道，你潜意识里你觉得她是活的，就跟科幻电影里那些和人类没什么差别的机器人一样，但那是幻觉，她只是一部机器，还是不那么聪明的机器!

沈兰冷淡地摇摇头，我看不出来。

好，董方点点头，我现在就给你证明，这孩子到底是什么!

他在手机上调出了一段视频，你记得吗？这是五年前，五年前，我们的妞妞玩儿这种变形玩具的视频，当时她搭了一个小金字塔，我们还夸她聪明呢。你再看看这个妞妞，她现在正在干一样的事，一模一样，几乎每一个动作都一样！你看她掉了一个蓝色的方块又捡起来，对不对？是不是一模一样?

沈兰看了看视频，又看了看不远处的妞妞，脸色惨白。

这就是真相！董方冷冷地说，当年我传给了那个地下工厂手头上所有关于妞妞的视频，包括我们拍的，也包括蜂机拍下来的几千个小时的内容，那几乎是妞妞的半个人生。他们根据这些资料复原了妞妞，外貌不用说，关于她的内在，后来我专门查过仿生人技术，什么大数据分析，什么心理学建模，什么再现核心人格都是骗鬼的胡扯，他们只是把所有的内容放进了数据库里，用一些最简单的指令去调出这些现成的反应，比如看到爸爸跑过来要抱，看到妈妈要吃奶什么的，最多就是根据环境进行一些必要的调整。这个妞妞本质上不是人也不是人工智能，她没有任何人格，她只是——说起来都滑稽——妞妞生活的录像。

录像。沈兰冷笑了一下，好像根本不予置信。

对，录像！董方被激怒了，老实告诉你，最近一年我都在仔细观察，她所有的动作都是复制我们的妞妞的。每次环境符合以前的某种环境时，她就根据之前的视频来进行重复。当然有关的资料是非常丰富的，所以不容易一眼看出来，比如妞妞发脾气有十几种方式，哭有三十几种，笑超过五十种，各种组合更是天文数字……但这些都是我们的妞妞有的，在我们的妞妞身上发生过的，没有任何新的东西。一切都是重复！都是再现！只是因为幼儿的语言、动作、反应大体来讲都比较相似，又没有什么复杂性，我们才没有察觉。

董方一口气说完了他的结论，沈兰却并没有他想象中那么震惊，她淡淡地说，董方，你要说的就是这些吗？

这些还不够吗？

我早就知道了！真可笑，你照顾了她多久？我照顾了她多久？你每天早出晚归，我却从早到晚，一直陪在她身边。你以为我会没发现她的话语动作和妞妞完全一样吗？你以为我没想明白背后的机制吗？你说的一切我都知道，但这才是我爱她的理由所在。

你在胡说什么呢！

你还不懂吗？沈兰隔着玻璃，指着在客厅玩耍的女孩，如果她是那种比较高级的仿生人类，有独立的人格和情感算法，我反而不会有那么深的感情。但她就是一台时光机，把我们带回到当年妞妞的身边。她的每一句话，每一个动作，每一个笑容，都是妞妞精确的重现。我们没有离开过妞妞，从来都没有。

九

董方惊骇地瞪着自己的妻子，像看着一个完全不认识的人，过了许久才找到语言。你真的都知道，知道得比我还清楚。你明知道这些，

但还是选择留在过去，把自己封闭在关于妞妞的回忆里，到底为什么？

举个例子讲吧，沈兰露出一个凄楚的笑容，这事你可能不知道，当年有一次，妞妞午睡后醒了要找大人，恰好大家都不在她身边，保姆还没来，我正在洗澡，又放了音乐，她哭的声音越来越大，叫得无比惨烈，简直要哭晕过去了。后来我好不容易听见了，衣服都来不及穿就忙赶去抱她，安慰了很久她才缓过来，还抽泣了半天……前不久，这一幕在妞妞身上重现了。我听到了妞妞的呼唤，每一个声音的顿挫起伏都一样！那就是妞妞在呼唤。我可以怎么办？我只能像当年一样，去抱起她，安慰她。这就是我的女儿。

还有，沈兰意犹未尽，我早就发现了，最近两年你对她越来越不上心，甚至冷淡粗暴，但她还是那么喜欢你，那么依恋你，不管哭得多厉害你一抱她就不哭了。换了任何一个小孩都不可能。这是为什么？因为她本质上还是当年的那个妞妞，她对你的爱就是妞妞对你的爱，没有一点点变化！你怎么可以辜负她？

这……董方觉得一阵眩晕，难道妞妞真的穿越了时光来到了他的身边？不不，这不是理由，他不能被蒙蔽了。他坚定地摇了摇头，不要自欺欺人了，无论她怎么重复妞妞的动作和话语，都没有内在的情感，她只是一个影子而已，我们两个不能守着一个影子过一辈子。我们必须放下。

你不懂的，我没有办法放下，人各有各的活法，你不要逼我，好不好？

是你不要逼我！董方忍无可忍地吼道，我当然知道你没有办法放下她，我也找过了好几个心理医生，我知道为什么。因为那一天，你从来不提，我也从来不提的那一天——

别说这个！沈兰打断他，声音开始发颤。

我可以不说，董方说，但我们都心知肚明，不是吗？那一天妞妞死掉了，那完全是你——

我让你别说了！沈兰歇斯底里地喊道。这次妞妞被吓到了，回过头来疑惑地望向父母的方向。

沈兰要出去抱她，但董方拉住了她，把门关死。书房门是一种特制的玻璃，隔音效果绝佳，妞妞再也听不到他们的说话声，愣了几秒钟就忘了刚才的事，自己去玩去了。

你还不肯面对是吗？董方咬牙切齿地说，你把自己封闭在和妞妞那一年的回忆里，却永远不肯走到最后那一天。因为你不肯走到那一天，所以一切只能不断地周而复始，所以你才要一遍遍重复养大她的过程。但其实没用，我们一直活在那一天的阴影之下！我受够了，你必须面对那一天，现在就面对！

沈兰挣扎着，你说什么——她的目光落到了客厅边缘，不敢相信地望着董方。你怎么把椅子放在那里？干什么？你要干什么——

董方在遥控器上按了一下，窗户猛然打开了，窗外的景象吸引了妞妞的注意，芯片的大脑中迅速进行着搜索和运算，很快找到了一段匹配的记忆，激发了她的活动程序。

她站起身，摇摇摆摆地向着飘窗前的椅子走去。

你疯了！你干什么你，沈兰叫道，快放开我！

但董方一手拉住她，一手捂住了她的嘴。他觉得自己像一个恶魔，几乎有一种复仇的快意。你必须面对这一切，面对自己造成的这一切，这一切不能永远扛在我的肩膀上，看看那天你是怎么害死女儿的吧——

妞妞没听到背后的人在说什么，她三下五除二，爬上了椅子，然后又爬过了护栏，到了飘窗上。董方曾经目睹过这一切，如今从另一个角度再次目睹，仿佛真的穿越了时光，重新回到了五年前的那一天。

沈兰似乎呆住了，身子也不再动弹。这是最后的一幕了，董方想，快点儿结束吧，结束才是真正的从头开始。

再见了，妞妞。这一次，真的再见了。

妞妞爬上了窗台，回过头，朝着玻璃门后的父母甜甜地笑着。董方忽然发现自己犯了一个错误，这一次没有蜂机，缺乏最后的触发机制，算了，也许这一切到这里就可以了吧。

但他一疏神间，沈兰忽然恢复了生命力似的弹起来，挣脱了他的控制，一把把他推倒在书架上，人开门跑了出去。

妞妞——

她大叫一声，冲进客厅，跃过围栏，跳上飘窗，伸手去拉窗台上的女孩。那一刻，她也如同迈越了漫长的时光，返回到五年前决定性的那一瞬间，要改变那早已成为铁一般事实的悲剧宿命。她疯狂凄厉，她充满母爱，她能战胜一切，改变一切。

这却触发了妞妞最后的反应。

她仿佛被吓到了，身子一抖，小脸上露出了害怕的表情，然后向后一仰——

不要——

沈兰发出撕心裂肺地尖叫。五年前，她在同样一声绝望的哀鸣后，就晕倒在地。醒来时，警车已经开到了楼下。

但这次发生的事略有不同。

沈兰毫不犹豫地一只脚踏在飘窗上，另一只脚伸出了窗台，向外猛扑。这次她抓住了妞妞，但是已经为时太晚，她抱着小女孩儿茫然回过头，似乎还不明白发生了什么，和刚冲出书房的董方目光相遇了一刹那，下一瞬，她飘拂的衣裙也从窗台上消失。

董方听到自己大喊起来，跌跌撞撞冲过去，还没到窗前，就听到了一声可怖的闷响。他半个身子伸出窗外，看到沈兰已经变成了很小的一个人影，躺在下面的马路上，一动不动，但衣裙已经染得鲜红，红色还在不断扩大。妞妞趴在她身上，发出了响亮的哭声，似乎并没有受到什么冲击。周围的人开始围过来。在丧失意识之前，董方看到，妻子的脸上挂着一丝若有若无的微笑。

十

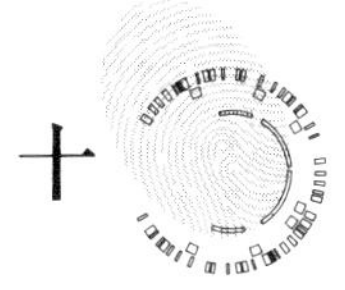

在那个雨天，那个白衣女生也曾经变成了那么小的一个人影。

那个决定他们命运的雨天，年轻的董方从女孩身边经过，撑着伞走开了很远，然后怯怯地回头，凝望着细雨中女孩朦胧的身影，终于下定了决心，霍然转身回来。他一脚轻一脚重地在积水中踩了好几脚，越接近那女孩，心跳越快，仿佛要从胸膛里跳到她的怀里一样。他不知道女孩看到他没有，因为根本不敢抬头，心里想着该跟她说什么呢。同学我送你回去？还是我把伞借给你？怎么说才不显得突兀呢？

上台阶时，他还在搜索枯肠想适合的台词，没注意脚下。结果丢脸地滑了一跤，摔得浑身是水，伞也丢到了一边。等他狼狈万状地抬起头，竟发现那女生就站在他面前，朝着他伸出了手，微微一笑。那挂着雨水的笑靥一直烙在董方的脑海里，无论后来沈兰变成了什么样子，那个笑着拉起他的女孩永远烙在他的脑海里。

那一刻，董方知道，沈兰不会从他的生命中消失，永远不会。

没有什么能将他们分开。

董方想着往事，嘴角泛起微笑，打开了家门。妞妞正在沈兰的脚边玩耍，见到他，嘴角弯弯地笑了，有些笨拙地站起身，叫着“爸爸”，跌跌撞撞地向他走来。

董方放下公文包，抱起妞妞，把她举得高高，她发出兴奋地尖叫。

小心点儿，沈兰在一旁嗔道，不要摔了孩子！哪会呢，董方笑着放下了妞妞。沈兰神秘地说，诶，你有没有发现？发现什么？董方问。她会走路了呀！昨天最多还走两三步呢，你看今天她走得多好！

是吗？董方放下妞妞，她马上绕着他们走了起来。她的确会走了，神气活现地给他们表演，不过她的膝盖还不能弯曲，姿势滑稽得就像一只企鹅。走不了几步就摔了一跤，好在下面是地垫，摔得不重，她随即爬起来，哼了一声，甩了甩手，继续歪歪扭扭地走着。

沈兰笑得前仰后合，董方也笑了，说，这孩子运动细胞发达，长大了说不定能为国争光。

他们一起给妞妞洗了澡，又一起喂她吃了奶，然后带她上床睡觉。妞妞喝了奶，又跟他们玩儿了一会儿，一会儿转到爸爸这边，一会儿又去拍拍妈妈，终于慢慢闭上了眼睛，长长的睫毛垂下来，依偎着父母睡着了。沈兰看了一会儿手机，和他说了几句话，也关了灯，闭上了眼睛。只有董方在黑暗中还睁着眼睛，听着沈兰的呼吸从不规律渐渐趋于均匀悠长。

等到沈兰和妞妞都睡着了，他悄悄坐起身，把她们的身子翻成俯卧，打开她们的后脑勺，取出电池，拿去充电，又换上了新电池。母女俩恢复了细细的呼吸声，伴随着她们温馨的气息，董方也惬意地闭上眼睛，进入了梦乡。

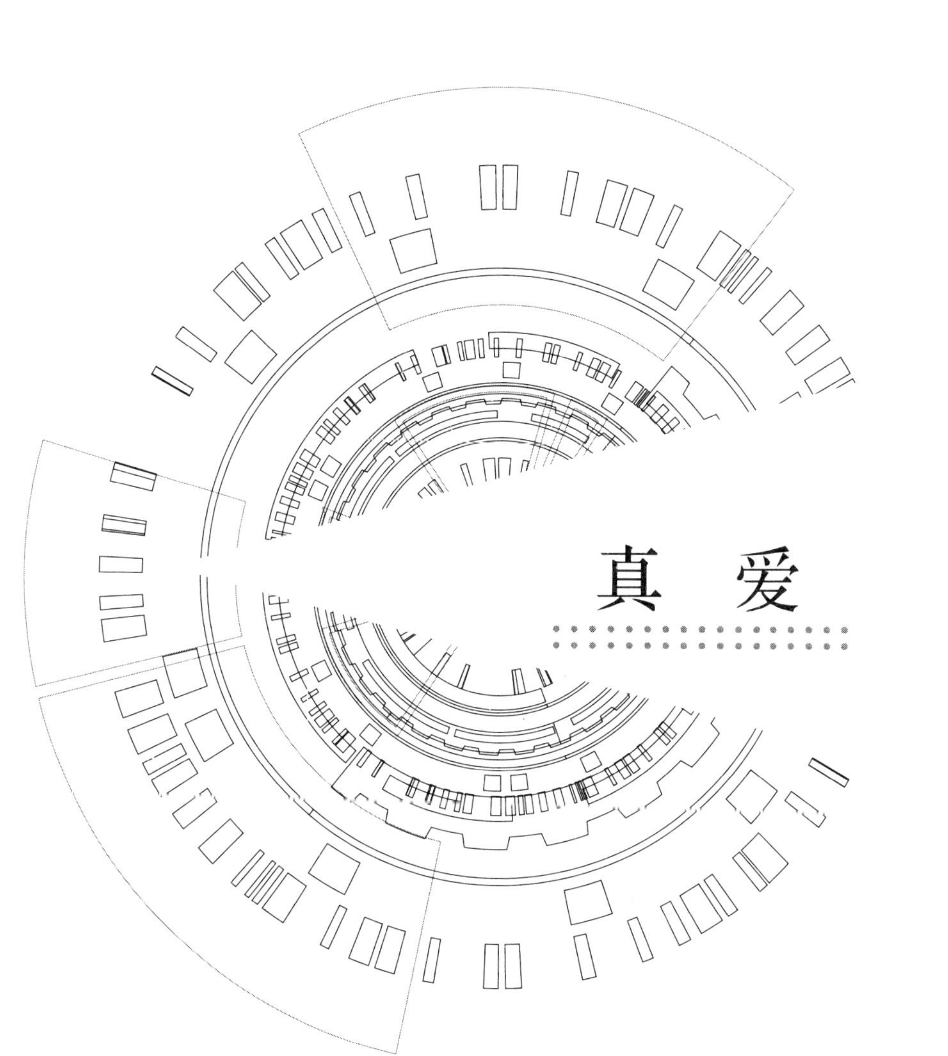

真 爱

一

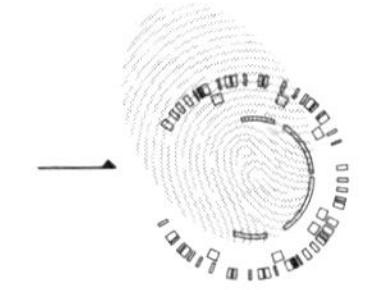

81 岁的时候，我找到了真爱。

我知道，这个年龄有点儿大了，大部分人都是在六七十岁就开始寻找爱情——我是说真正长远的亲密关系，不是二三十岁那种青涩的小打小闹，也不是四五十岁单纯寻求刺激的感性活动。那些年，我也曾对身边热衷结婚生育的同龄人不屑一顾，不过人生也就三百来岁，时间到了总要稳定下来，至少稳定三四十年。

就像所有人那样，我在“爱神数据”中匹配了一个女孩子，她只有 45 岁，大学刚毕业，几乎可算是未成年少女。不过心理年龄和我相当，至少爱神数据是这么说的，它们从不出错。另外，性格、爱好、政治光谱、经济状况、基因类型等和我也正匹配。至于容貌当然是倾国倾城，但基因优化之后，谁不是这样呢？

我们第一次见面，我就确定自己爱上了她。虽说是虚拟实境中的化身见面，但和真实毫无区别。她完美无瑕，温柔可爱，我也表现得很有绅士风度，大方得体——这是我们的本来面貌，毫无遮掩，虽说有些体态和妙语需要人工智能提示一下。

我们又以增强现实的方式约会了一两次，然后正式开始了恋爱关系。有些人认为第一次约会的时候应该与真人相见，但我们还是比较谨慎，更何况我们所在的城市距离很远，一千多千米，开飞车来回也得两个小时，太浪费时间了。

我们一年后订婚了，虽说还没见到对方真人。婚姻毕竟是一件大事，一起生一个孩子，再抚养长大，起码要有三十年的时间，所以我们像大多数人一样，事先去爱神数据做了关系评估。爱神数据给我们的关系打分很高，完美度达到97.3%，我以为这是一个相当不错的评估，但是未婚妻并不满意，作为完美主义者，她认为至少应该高于99%才行，还说她大部分朋友都是这个级别。这让我有点儿怀疑，如果你身边大部分人的爱情指数都达到99%，这个数据还有什么意义呢？

当然，我也并不反对提升一下我们的关系，爱神数据建议我们在“娑婆世界”进行一次梦境试炼。据说通过一段刻骨铭心的梦幻经历，能够大幅提升我们的爱情指数。

二

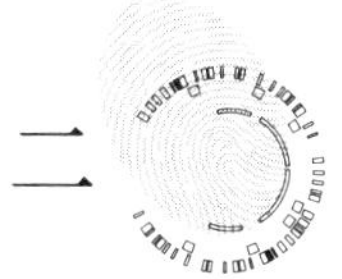

梦境设定在古典世界。塔菲是一个罗马贵族家的小姐，而我是一名低贱的角斗士。一次比赛中，我单枪匹马杀死了对方五个人，赢得了在竞技场观战的塔菲的芳心。我们私下见面，偷偷相好。当然，这种关系不可能被她的家族所容忍。她被迫嫁给了一位总督，被带到东方的行省。我打赢了一场几乎不可能打赢的血战，被赐予自由，然后去寻找她。但当我到达外省时，却发现那里已经被波斯大军攻陷，总督被杀死，而塔菲被带到波斯的宫廷中……在这个故事中，我将在包括罗马、波斯、印度和汉朝的广袤世界上寻找她，而她也将经历无数磨难，成为各国宫廷中的贵妇——实际上也颇为享受——最后我将和东方战神吕布决一死战，争夺改名为貂蝉的她……

在娑婆世界，脑机互动中，梦幻中的我们对现实世界只有极少的记忆，我们将像真正的古人那样生活。当然，虽然故事有十多年的时间跨度，但我们并不需要真正经历那么多的时间，调制的梦境正如真正的梦境一样，时间感会变慢，无关紧要的过渡会在朦胧中变换过去，整个过程大概也就半天时间。梦中，我们的活动有很高的自由度，但是一系列具体选择又是根据我们的心理结构所设定的，让我们不至于放弃本来的目标。当我们在战斗或意外中丢掉性命时，这一部分记忆会迅速被电脑系统所修改，以便让梦境沿着既定的方向进行到底。

我们将在这次梦境的试炼中经历种种生离死别、无数艰险磨难，从而在这一场游戏结束时，更深刻地相爱。

梦境的开头十分顺利，我和塔菲相遇并相爱，又痛苦离别，我发誓去寻找她。但当我在竞技场上干掉那个我以为是最后强敌的巨人后，麻烦才刚刚开始。

意想不到的新对手出现了，那是一对双胞胎，同样身材高大，武艺更为精湛，而且配合极为精妙，我根本找不到他们的弱点，还被他们逼得连连后退。

观众发出不满的嘘声，因为二打一不太光彩。但我这边所有的角斗士都被杀死了，主持者便另找了一名角斗士加入战团，我看了十分失望，此人戴着头盔，身材瘦小，一看就不能打，大概只是敷衍一下观众。但谁料他挥动铁剑，竟有狂风暴雨般的气势，成功地牵制住了一名敌手，我身上的压力一下子就减轻了。我精神一振，也连出妙招，很快让我的对手左支右绌，然后抓住机会，一剑将他大腿砍断，他惨呼倒地。

我大喜之下，扑过去要补上一剑，但背后一凉，原来是他的兄弟不顾性命来救，矛尖已经抵到我的背心。不过，我的战友此时找准破绽，把他一刀砍成两半。我们正惊魂未定，地上的敌人又掷出一把飞刀，飞向我战友裸露的脖颈。我忙一把推开他，救了他的性命。

或者说——“她”。等我的战友摘下头盔，接受观众的欢呼，我才发现，那是一个年轻女人。一位面貌刚毅、双目炯炯有神的女角斗士，威风凛凛，宛如女武神，但露出骄傲的微笑，又灿如玫瑰。

我们深深对视，那一刻，我遇到了我的真爱。但很久以后，我才明白。

三

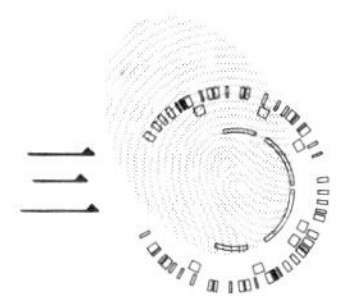

那位女角斗士名叫薇娅，是一名自由民少女，因为家族债务而被迫卖身为奴。她不愿意去做伺候人的女奴，宁愿当一名角斗士。本来没人指望她能活过三天，但她却证明自己天赋异禀，甚至可以打败最强大的男人。

我们又携手作战了几次，最后得到了自由。薇娅和我也成了朋友，她告诉我，她解放之后，也要寻找一个人。那是她家族的死敌，杀死了她的父兄，还令她被迫成为债务奴隶。她一生的宿怨，就是报仇雪恨。

很巧的是，那人也去了东方。我们结伴而行，从意大利到希腊，从希腊到小亚细亚，又到了波斯……她的敌人和我的恋人踪迹时隐时现。我们在地中海的暴风雨上颠簸，在巴比伦的废墟上徜徉，在叙利亚的沙漠中流浪，又翻越兴都库什山的万丈雪峰……我们肩并肩，手牵手，与海盗作战，和山中的怪兽厮杀，力抗波斯和印度的大军……

薇娅的故事也没有那么简单，那个杀死她家人的仇敌，其实也是全家被她父亲杀害的桀骜少年，二人恩怨纠葛，爱恨难解。在恒河边上，我们听着佛教徒的唱经，恍惚中似乎悟到，彼此都是来自另一个世界的人。来到这苦难的世间历劫，是为了另一个世界的生活。然而在我

心中，有一个声音，不想再回到另一个世界，而就想在这里，和薇娅在一起，并肩看着恒河静静流逝……

梦境中的时光看似漫长，但也是一闪而过。我终于和塔菲团聚，完成了故事线，从梦中醒来。塔菲有些恍惚，在梦中，她对俊朗不凡的吕布也是欲拒还迎，不过对我万里寻踪去救她，还是十分感动的。只是对梦中牵制住张辽，让我能成功击杀吕布的蒙面人有些疑惑。我告诉她，那只是一个 NPC，糊弄了过去。

我们又去做了一次爱情指数评估，匹配度竟然下降了 12%！我做贼心虚，把问题推给塔菲和吕布的缠绵情缘。有段时间，我们的关系也冷淡下来，甚至开始彼此约会其他对象。不过，爱神数据没有骗我们，我们仍然是彼此最合适的。最后塔菲放弃了提高评估的努力，开始筹备婚礼。

我也私下找过娑婆世界的客服询问薇娅的事情。他说，梦境中的世界是由系统统一生成，在其中会安排各种各样的故事线，一般来讲故事线不可能交错，不过我和薇娅的故事线非常互补，系统便安排了我们作为搭档。

那么薇娅是谁？她和那个仇敌少年是不是也是和我们一样进行沉浸梦境体验的情侣？客服说，按理来说应该是这种情况，但要知道薇娅的真实身份是不可能的，这是客户的隐私，不可以泄露。

和一般的在线虚拟实境游戏不同，在娑婆世界，人无法提取真实世界的记忆，也就很难留下联系方式。但薇娅的面容和声音，我岂能忘却！虽然仅仅是几小时的梦境，但在梦中，我们宛如一起度过了十年的漫长时光，出生入死，远远胜过我和塔菲几次短暂相聚。我们有没有互诉衷肠？有没有肌肤之亲？我也曾观看过当时的录像，但梦境中种种意象模糊而又奇特，几乎无法索解。只看到当我和塔菲相拥时，薇娅在远处望着我，久久伫立。

四

我和塔菲举行了婚礼，像一般人的第一场婚礼一样，我们的婚礼隆重而盛大，在虚拟实境中，我的第五代祖父母都出席了，离婚已久的父母带着第四五任的配偶也都来了，他们祝福我们的婚姻能持续五十年——当然这个可能性不大。

同时，我还在寻找薇娅，并且很意外地有了她的消息。那是在我婚后不久，我重新登录娑婆世界，想重温我们走过的地方。但在我们的分别之处，东海的碣石上，我发现薇娅留下的一卷羊皮纸，在我们走后，它仍然忠实地留在娑婆世界的数据中。薇娅说，她发现要找的那少年已经穿过了一道神秘的时空门，到了遥远的未来。她会去那里找他，还说也许我们能够在那里再见面。

根据薇娅留下的线索，我在位于扶桑的一座神秘的神庙中找到了时空门，却进不去。我退出梦境，询问客服，才明白有一类高级玩家，可以将故事线延伸到娑婆世界的每一个子世界中。通过时空门可以结束这个世界的故事，进入下一个世界，不过不一定要连续进行。你可以一边在现实世界生活，一边在一个个梦境中将故事继续下去。

我升级了权限，终于穿过了时空门，进入千年后的中世纪欧洲，那是一个充满魔法的中世纪，龙和女巫在天上飞翔。这里的人们传诵着百年前的一场大战，我一听就明白，是薇娅和她的仇敌少年终于相遇，以绚丽而残酷的魔法进行交战。少年被薇娅所伤，逃向另一个时空。而我再一次错过了他们。

我一边寻找着薇娅，一边继续着现实生活。像其他夫妇一样，我和

塔菲生了一个孩子，我是说我们各出了一个生殖细胞，被生育中心进行基因重组优化后，在人造子宫中孵化出了一个孩子。成为父亲以后，我忙碌起来，搬去和塔菲一起生活，进入娑婆世界的机会也就少了。只是偶尔去一下，在不同世界里游览的时候，也不再抱着找到薇娅的希望。

但终于有一天，在“二战”时代的硝烟中，我再次见到了她。她穿着中世纪女巫的红袍，用魔法张开光罩，弹开周围的炮火，保护着一群可怜的妇孺，虽然是幻境，却充满了真正的勇气和爱心。我也加入战团，帮助她们逃离德军的魔爪。

薇娅和我相见，各自欢喜。她说那少年已经堕落为邪恶的恶魔，化身纳粹，妄图征服世界，必须由她亲自消灭。我与她并肩作战，梦境中，又是十年过去了。少年一度悔改，又再次堕落，逃向另一个时空。我和薇娅也穿过时空门，约好在下一个世界再见。

虽然醒来后，我仍然不知道薇娅的现实身份，但是我们已经有了默契。果然不久后，我再一次进入娑婆世界，在飞向织女星系的宇宙飞船船头，我再次见到她修长而坚定的身影。

五

塔菲是我的生活伴侣，薇娅是我另一个世界的爱侣。在这个世界，我和塔菲生儿育女，从浓情似火，到彼此冷淡，但在那个世界，我一次又一次与薇娅度过了漫长的人生，她仍然可望而不可即。

我和塔菲的婚姻维持了三十五年——这已经相当长了，等孩子长大上学，我们就和平地分手。我后面没有再结婚，而花了更多时间留在娑婆世界，在一个又一个星球上和薇娅并肩作战。几百年？几千年？

时光已经无法计算。

有一次，在一个比地球大二十倍的巨行星上，巨大的重力使得我们的身体被改造成昆虫大小才能自由活动。薇娅的恶魔少年就躲在那里，但我和薇娅在降落时也失散了，我们这两只小虫子，在无边的行星表面，在数不胜数的外星怪物中，艰难地寻找彼此，越过广袤大陆，渡过无尽的冰海，却一次又一次相互错过，几乎花了一千年才找到对方。当我们见面时，薇娅扑到我的怀里，哭泣着说再也不愿和我分开，我也是一样泪流满面。

但我忽然愣住，我们在寻找的恶魔少年瞬间现身。我知道，他才是薇娅真正的爱恋。少年却摇了摇头，说出了真正的秘密。

他不是玩家，只是薇娅构想的一个形象，一个虚拟角色。薇娅一生经历过许多次恋情，一直追逐真爱，又找不到真爱，所以设想了这样一个梦境，让自己穿梭在异世界中，和一个永远无法真正在一起的恋人在永久的爱恨交织中做着追逐的游戏，游戏结束的条件就是薇娅找到她的真爱，那时他将说出真相，从此烟消云散。

我幸福又酸楚地挽着薇娅的手，走向时空门。我们要回到现实世界，将爱的故事继续下去。

六

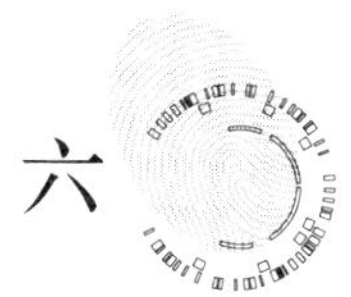

薇娅和我结婚了，最初没有人看好我们，因为薇娅在爱神数据中和我的类型完全不匹配，而且比我要大一百多岁。但我们仍然成了幸福的一对。我们生儿育女，环游世界，在一起整整一百年。

人类的寿命终有尽头，300 岁以后，薇娅渐渐显出老态，而我看起来仍然青春年少。薇娅几次提出要离开我，让我去寻找新的恋情，但我对她的爱依然炽热不改，直到她到了弥留之际，我还紧紧拉着她的手，身边簇拥着我们的几个孩子，都在流泪哭泣。

你相信现实中有这样的爱情吗？她问我。

我在泪光中，怔怔地望着她。

在现实世界，她说，有太多性格追求的摩擦，太多生活琐碎的损耗，太多其他人事的诱惑……哪怕这世界已经缔造了乌托邦般的富足生活，可以实现各种梦想，爱情却分外容易凋谢。爱之花似乎只在死亡和绝望中绽放得最为美丽，就像那天我们在竞技场上的对视。

我不明白她要说什么。但是我们经过了考验，度过了幸福的一生啊，我说。

但是，我们真的在一起度过了幸福的一生吗？她问。

一股寒意从我背脊升起。我回想百年种种，仿佛烟云，似有还无。也许这只是我太过伤心感到的幻觉，但身边孩子们的哭声也渐渐远去，他们叫什么来着？他们真的存在过吗？

薇娅对我露出一个笑容，无论如何，现在我心里知道，如果有另一个世界……我还是想和你……在一起……

她吐出最后一句话，缓缓闭上了眼睛。我哭泣着，吻向她渐渐冷却的双唇。我感到了百年的恩爱，异星的寻觅，宇宙飞船上的重逢，世界大战中的并肩作战……一直到似乎是开天辟地之时，在罗马竞技场的相遇，一切都在我面前重演，幻化，飞旋……这是爱吗？这不是吗？

但我知道，如果有另一个世界，我还是愿意和她在一起……

怀着这样的决心，我睁开了眼睛——梦境试炼结束了。

81 岁的时候，我找到了真爱。通过娑婆世界的这次梦境，我和薇娅在爱神数据的评估高达 99.8%。一个月后，我们举行了盛大的婚礼。父母们祝福我们的婚姻能持续五十年——当然这个可能性不大。

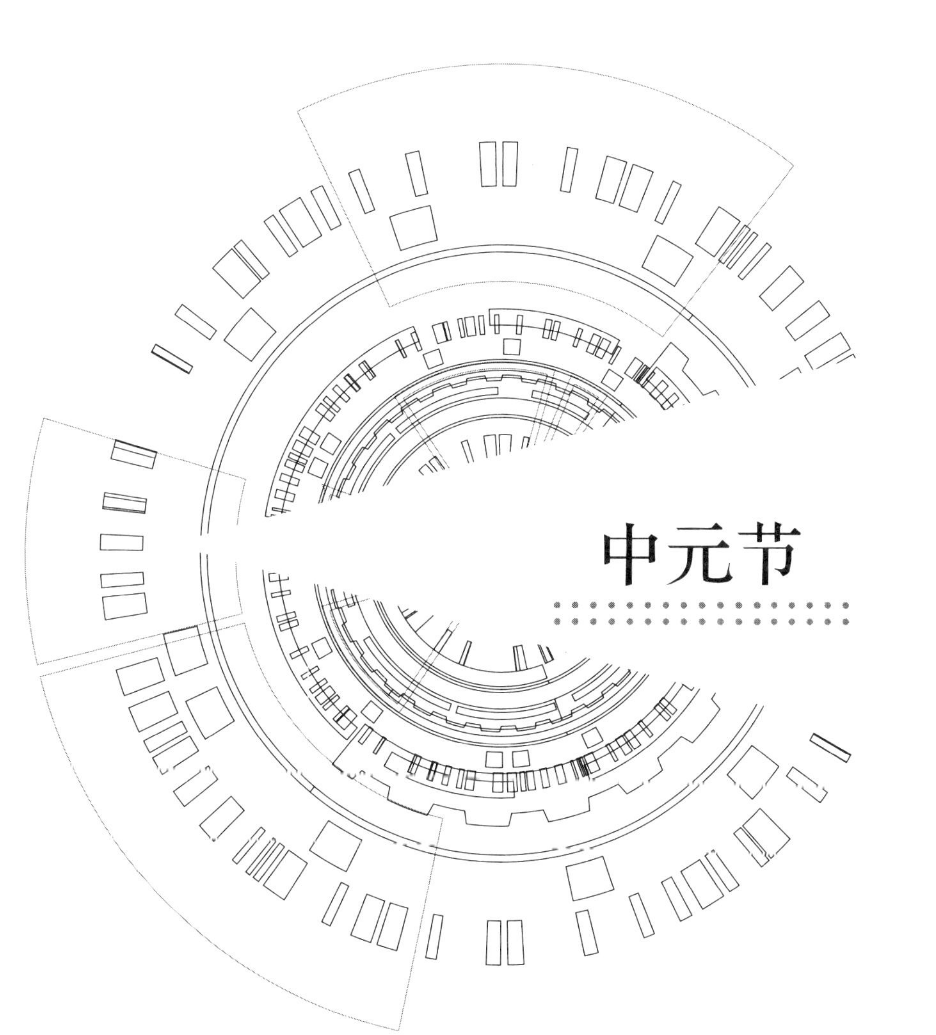

中元节

一

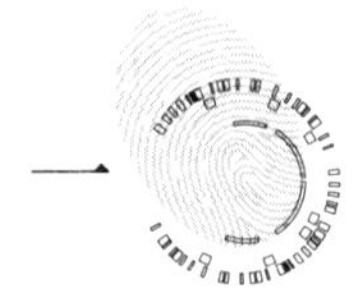

老魏醒来，发现自己悬浮在黑色大理石的墓碑之前，对着自己那张熟悉的遗像。

在那张慈祥微笑的照片下方，是竖着镌刻的两行隶书文字：

慈父魏光明（1968 年 06 月 20 日—2042 年 09 月 14 日）

慈母沈月（1970 年 04 月 13 日—）

两行字的颜色一黄一红，他的是黄色的，沈月的是红色的；一旁还有两行白色小字：

儿魏佳杰　媳齐小冰

携孙女魏若宸　泣立

这块墓碑，老魏早已看得熟了。他知道，自己通常是清晨在这里被唤醒，准备上午或下午和亲人的见面，一般是在自己的墓地上，有时候也会去墓园专设的会客室（需要另外付费）。但他很快发现，此时并非清晨，而是黄昏，太阳刚刚落下，西边天上还带着晚霞的深红，并不是往常苏醒的时辰。老魏环顾四周，发现左邻右舍也都同时醒来了。老傅、李姐、王哥、小刘……似乎所有的游魂都醒来了，以半透明的形态悬浮在自己的墓碑前，有几分迷惘地看着彼此。

这是清明还是冬至？一般只有在这两个节日，大部分墓主的亲属都来祭扫，才会有游魂们都被唤醒的场面，但现在却又不像。老魏感受不到气温，但看绿化带里植物的郁郁葱葱，分明是在夏季。

这时，老魏的视野上方冒出了一则推送，告诉他收到一条信息。老魏伸手，做了一个点击的动作，他看到，其他游魂也在做同样的动作，说明大家都收到了这条群发的信息。

那是一条简短的通知，告诉他们为什么在此时此刻醒来：

“您好，今天是2052年8月9日，星期五，农历七月十五日，中元节，按照我国今年刚刚通过的《数字人格复制体权益保护法》第七条第十二款，您作为数字人格，享有半天的合法假期，因此被唤醒，并可以在法定范围内自由活动12个小时，更多信息请点击……”

老魏还没回过神，一旁的老傅转向他，笑着说：“老魏，你没想到吧？现在的社会还挺尊重传统文化，连中元节都给咱们过上了。听说以后每年都会有好几个节日可以苏醒……”

但令老魏愕然的，却是其中另一个信息：“2052？怎么会到2052年了？我、我上次醒来不还是2045年吗？怎么再一醒来已经过了七年？！”他求助地望向老傅。

老傅似乎不知如何启齿，良久才说：“看开点儿吧老魏，时间对咱们还有什么意义可言呢？多几年少几年的，都一样。”

老魏颤声问：“所以，他们……我家人……这些年一直都没来看过我吗？”

“这个……我也不清楚，我也不是每天都醒来的啊……”老傅含糊地说。

老魏忽然想起来，自己作为和这块墓地（准确来讲，是这块储存有他全部数据的墓碑）绑定的数字体，可以查看扫墓的记录，他点击了自己视野右上角的一个隐匿图标，很快跳出一堆选项，虽然已经是数字化的存在，但老魏还是花了点儿时间才找到家人的扫墓记录：其实这几年家人也还来过几次，最近一次是在去年年底，但再未唤醒过他。

老魏心中感到一阵苦涩，或许这么说也不妥当，他已没有了“心”，但一股纠缠郁结的感受渗透了他的整个感应场，让整个世界都变得灰暗、黏稠。

老傅安慰他说：“毕竟你家人还是来过了嘛，你看李姐，十来年都没人来拜祭过……这年头有几个真正孝顺的儿孙啊，能来看看就不错了。”

但是来扫墓而不唤醒自己，比完全不来更加令老魏伤心。他摇摇头：“多半是我那婆娘不让，这女人固执得很……唉！”

是的，老魏很清楚，问题的症结就在于沈月。她这些年一直恨着自己，确切地讲，是恨自己这个魏光明的“数字人格复制体”。

二

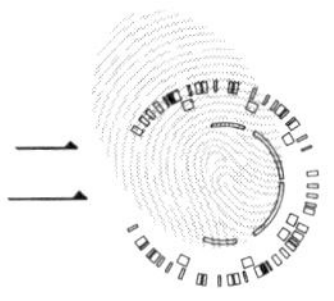

在老魏的感知里，死亡并不是十年前的事，而几乎就在几个月以前。他在医院中最后一次昏迷后似乎没多久，就又醒来了。

说“醒来”不是很确切，因为并没有一个从蒙眬到清醒的渐进过程，而是刹那间，整个广阔清晰的外部视野一下子跳了出来，无数光影和声音向他涌来。老魏吓了一跳，本能地闭上眼睛，等到再睁开，他发现自己站在一块黑色的墓碑前，仔细一看上面的字迹，竟然是他和沈月的墓碑！他恍惚间以为是在做梦，想去掐自己的大腿，但却哪里掐得到——他发现自己浑身上下只是一个半透明的虚影，甚至脚都是悬浮在地面上的。

“魏先生，不要紧张，请听我说！”

老魏这时发现，身边还站着一个年轻女孩子，穿着印有“永恒墓园”字样的工作服。她告诉老魏，他们是用了最新的扫描和建模技术，在魏光明死亡的瞬间，复制他大脑皮层中的海量数据而形成的数字虚拟人。尽管他觉得自己就是魏光明，但严格来讲，只是魏光明的数字复制体。现在，他的本体就在这个内置有强大处理器和储存器的墓碑里，但又结合了一个和生前相似的三维形象，以增强现实也就是所谓 AR 的形式，被投射到现实空间中。他的感知——当然，基本只有视觉和听觉——来自周围环境中遍布的微型传感器，这是这些年来智慧城市建立的基础，足以支撑起一个覆盖整个城市的智能感知场域。这些技术已经成熟好几年了，特别在中国这样一个讲究“事死如事生”的孝道社会，为死者制造数字体——俗称“游魂”——正在越来越受到欢迎。

老魏是个工人，没念过多少书，加上生命中最后几年一大半时间在医院度过，对于社会上很多新事物已经产生了隔阂。但毕竟在 21 世纪度过了后半生，他很快也就明白了“数字人格体”的大致意思。他当然也一时难以接受自己竟变成这副“鬼模样”，但等他平静下来，又感到自己也还算是幸运：不管怎么讲，本来他重病缠身，只剩下喘气的力道，但如今病痛都已无影无踪，他还能留在亲人身边，陪老伴走完余生，看着自己的孙女长大。还有什么奢求呢？

老魏巴不得马上回家，但是对方告诉他，政府规定，死者的数字人格体只能留在墓园里，不得离开这里、进入社会，甚至连网络通信都不被允许。这很好理解，比如，过世的领导和老板，其数字体要是继续霸占要职指手画脚，那社会可就乱套了；即便留在家庭内部，也容易造成个人生活和人际关系的隐患，例如遗产分配和配偶再婚等，所以让数字体们留在墓园，应该说是最好的方案。老魏不得不接受这个现实，只要能再见到妻子和孩子们，这都是可以接受的代价。

第二天，老魏再次被唤醒了，那是家人在他下葬后第一次来扫墓（老魏有点儿遗憾，当他的骨灰下葬时，数字体还没有完全制成，所以没法在自己的葬礼上当面答谢亲友）。一家人都来了，远远地就飞奔过来，围在他身边，哭着、笑着、诉说着，特别是沈月，泪眼滂沱，几乎要瘫倒在他的怀里——只可惜他无法抱住她。九岁的孙女宸宸也蹦蹦跳跳，缠着爷爷不放，给他看自己画的一幅蜡笔画。老魏清楚地记得，画的是爷爷拉着她的小手走在硕大的太阳下，两个人都笑嘻嘻的。在她心目中大概根本没有死亡的概念，爷爷只是换了一个地方住而已。

后来有一段时间，家人常常来看他，当然儿子媳妇要上班，孙女要上学，只有在周末才能来，老伴沈月却天天风雨无阻，在他坟头一坐就是几个小时，商量家里的琐事，告诉他邻居朋友的近况，就像生前那样依赖他。那是一段美妙的时光，实在比生前最后两年病魔缠身的日子要舒心太多。

但这种死后的美好生活并没有维持多久，是从什么时候开始的？对了，就是那一天。他和沈月当年认识的纪念日，沈月随口跟他提起，但他竟然不记得了，好像记忆中有一个巨大的空洞。

“1988 年的今天……在你表姐的婚礼上？我……我想不起来啊，

奇怪，真是奇怪。”老魏疑惑地说，他的确记得有几次和沈月在一起庆祝这个日子，但这一天本身发生了什么，他一点儿印象也没有。他有点儿担心，自己是不是得了阿尔茨海默病了？但再一想，怎么可能，他分明已经没有了肉身，哪里会有什么阿尔茨海默病！

“那我们第二次见面，去看《高山下的花环》，你还记得吗？你都看哭了，我还笑话你来着……”老伴小心翼翼地问。

老魏摇摇头。高山下的花环，是什么花环？有什么好看的？

沈月的眉心越发紧蹙：“那我们结婚那年，去杭州度蜜月……”

新婚宴尔的甜蜜，再不记得就不像话了，老魏想说自己记得，但又说不出口，他惊恐地发现，和沈月在一起的前几年的记忆几乎都是空白，但同时期的事也不是全不知道，甚至包括和工友吵架、借给表弟钱之类的琐事都还有印象。他的记忆就好像是一本被撕去了最重要几页的书，怎么会这样呢？

沈月缓缓向后退了两步，眸中透出陌生的眼神。好像眼前不是和她相濡以沫五十年的老公，而是一个打扮成他的骗子。

“假的，”她喃喃说，“你不是……不是我家老魏……他从来不会忘记的……”

“我……我是啊，我没忘记，我肯定记得，只是一时想不起——”老魏毫无底气地说，自己都听得出来自己的心虚。

“假的假的假的……”沈月不去看他，只是不住重复这两个字，仿佛是以此来说服自己，拒绝再和他有任何交流。很快，她颤抖着转过身，踉踉跄跄地走了。老魏既然心里没底，也不敢追上去。只是木然站着，喃喃说：“怎么会这样的……”

“有些记忆没拷贝上，很常见的现象，别担心。”一个声音在他身边说。确切讲，也不是真正的物理声波，而是游魂之间的一种信息交流。

老魏回头，看到一个四十来岁，身形高瘦的中年男子对他微微一笑。虽然对方看起来比自己小很多，但不知怎么，他有一种见到老大哥的感觉。

那就是老傅，他认识的第一个邻居。

三

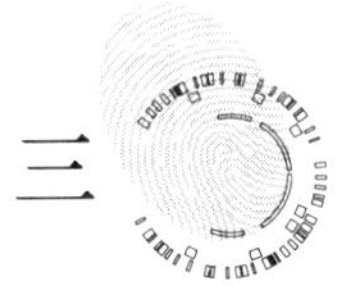

永恒墓园是人格数字复制技术投入商用后新建的，所有墓主都有一个数字人格复制体，或称游魂。游魂的物理存在依附于内置芯片的墓碑本身，但他们的形象都是 AR 系统中生成的影像，可以彼此看到对方，也可以相互交流。

在法律上，数字体是对本体进行复制的产物，其所有权归属于本体的继承者，何时苏醒由继承者决定。当然一般来讲，继承者会尊重游魂苏醒的意愿，不过大部分游魂也并不想经常醒来，在墓园中过形同坐牢的无聊生活，而常选择只是在和亲人相见的日子苏醒。

但老傅是个例外。老傅比老魏大好几岁，也早走几年，是国内最早诞生的数字体之一。他妻子早逝，无儿无女，一辈子活得洒脱，临终前把房子卖了，委托一个殡葬公司复制了自己的数字体，根据协议，他可以自由选择在何时苏醒。老傅一年到头会醒来很多天，经常在墓园里转悠，找人聊天和下棋（AR 界面能实现这个功能），因此认识绝大部分游魂，可以说他是最“见多识广”的“人”。

老魏从老傅口中知道，原来并不是每一个数字体都能实现本体100%的记忆复制，这依赖于临终时大脑状态的不同而有很大差异。老魏开始复制时大脑已经坏死了一小部分，所以大约只有魏光明本人80%的记忆，因此许多年轻时的珍贵回忆，都已不复存在。

后来，老魏又苏醒过若干次，但沈月再也没来过，儿子也来得也不怎么勤快，唯一的安慰是小孙女宸宸还很依恋爷爷，每次来看他，都在他耳边叽叽喳喳地讲述生活和学校里的趣事，排遣了老魏不少的苦闷。然而到了第二年，宸宸也来得越来越少，似乎她也发现，停留在过去时光里的爷爷，渐渐已经不能理解她越来越丰富有趣的生活，跟他也说不到一起去了。第三年，老魏更是只在清明节苏醒过一次，和儿子孙女匆匆见上一面，后面就一直沉睡到了今天。

老傅也曾告诉他，像他这样的情况并不罕见，对许多人来说，已故亲人的数字体只是一个廉价的慰藉，并不是亲人本身；随着人们走出悲痛期，许多人在心理上也渐渐拉开和数字体的距离，甚至对“假冒”其亲人的数字体感到反感。据说，有三分之一的家属最终会选择销毁数字体，还有三分之一不愿销毁但也不会再唤醒他们。看来，老魏的家人也属于后者。

想到这里，老魏哭丧着脸说：“这么活着——不，死着——还有什么意思，沈月既然不想再看到我，干脆让他们销毁我得了。”

“你还不知道吧，”老傅说，“前几年国家通过了数字人格体的权利法案，保护我们的‘准生命权’，从此以后就不允许销毁我们了。今年又通过了新的法案，我们每年还有几天苏醒的法定假期，还可以选择何时苏醒。”

老魏苦笑说："想不到政府对我们这些孤魂野鬼还能这么好，比我老婆还强。"

老傅却说："别怪她，也许可能恰恰是因为她和你——和魏光明——的感情最深。所以如果她觉得你不是魏光明，反而会产生强烈的排斥心理。"

"那我该怎么办？"老魏哭丧着脸说，"就这么被所有亲人遗忘，孤零零地在这个破墓地里住下去？"

老傅却笑了："你别急啊，你看——"他指了指前方。

老魏顺着他指的方向一看，看到一对拉着手游荡的游魂，不由微微吃惊："那不是王哥？他身边怎么多了个女的？"

老傅说："这是他老婆！去年刚去世的，如今也成了数字体，夫妻两个在这里团聚了，现在整天形影不离。"

老魏心中一动，明白了老傅的意思。其实他自己也不是没想过，等到老伴也百年归天，多半也会成为数字体来陪伴自己，到那时候，夫妻俩同是游魂之身，还会有什么排斥芥蒂？他们可以在这里相依相偎，就像生前……

老魏不禁想，要是这一天能快点儿到来就好了。但转念又觉得自己过于自私，不管怎么说，也不能因此就盼望沈月快点亡故吧？

"对了，"老傅说，"刚才不是通知了吗，今天咱们可以去外面。你如果想家里人的话，可以回家看看。"

"真的可以？"老魏精神一振。

"嗯，没问题的，不过你知道，这需要……他们的 AR 系统能够识别你。"说到这里，老傅有些吞吞吐吐。

老魏心一沉，他明白老傅的意思。既然家里人好多年都没唤醒他，也未必会欢迎他的归来，也许在 AR 系统中早就删去了他的信息，也就无法再看到他。不过见到家人的渴望仍然压倒了一切。他眼前不禁浮现起多年的某个记忆碎片：他从外地回来，推开家门，家里充满了欢声笑语，儿子媳妇已经做满了一桌菜等着他，沈月迎上前嘘寒问暖，小宸宸更是大叫“爷爷爷爷”扑到他的怀里——那是久违的家的感觉。

老魏感觉自己眼角湿润了，当然那只是幻觉。他问老傅：“那我该怎么去？”

老傅说：“很简单，根本不用走路。在我们视野右上角有一个图标，可以下拉一个菜单，点击地图，就可以到达想去的地点了。不过好像要先去登记一下，我带你过去。”

四

游魂的移动方式和人的肉身不同，是以虚拟大脑中的指令驱使影像在 AR 场域中平移位置，看起来便如同飘移，当然也可以采用行走或奔跑的表面动作，但没有实质意义。老魏跟着老傅在墓园中飘着，向出口移动。左顾右盼间，发现这几年公墓里多了不少新邻居，绝大部分都是耄耋老人。虽然理论上数字人格体可以是任何模样，但家人一般还是习惯于定制死者晚年的形象作为皮肤，否则中年人对着小伙子大姑娘叫爹妈，未免太过膈应。当然，老傅是个例外，他虽然是快八十岁去世的，却按自己意愿设置成四十来岁的形象，眉目修过，比本人真正年轻的时候还俊朗几分，更不用说还修瘦了一大圈。

老魏的目光忽然定在一个小小的身影上。那是一个穿白裙子的小女孩，大概只有六七岁，头发长长的，抱膝坐在墓碑后的阴影下，不仔细看几乎看不出来。她身上发出淡淡的白光，表示她也同样是一个游魂，而非人类。

“老傅，那是——”他停下问。

老傅看了一眼，说：“这孩子啊，她叫林莎，死于飞来横祸：好好的在小区里玩儿，谁知一辆自动驾驶的汽车失控撞过来……她进墓园也有五六年了，但你一直没醒，所以不知道。”

老魏看了这孩子几眼，想起了幼时受了委屈躲起来哭的宸宸。心下一软，朝向她移过去：“孩子，你怎么了？”

看到有陌生人飘过来，女孩流露出恐惧的眼神，更加瑟缩。“爸爸，妈妈！”她稚气地喊。

“莎莎别怕，”老傅上前安抚说，“这是魏爷爷，我是傅爷爷，你还记得吗？我们前几……前几天还见过的。”

莎莎似乎认得老傅，犹豫地点点头，叫了声：“傅爷爷！”

老魏问：“她爸妈也在这里？”

老傅低声告诉他：“当然没有，不过当年林莎的头部几乎被车压碎了，大脑受损严重，导致数字体复制的时候错误太多，一大半记忆没了，智力也明显低于同龄孩子，她到现在可能还不知道发生了什么……”

老魏的感应场又是一阵压抑。可怜的孩子，他想，要是我的宸宸也这样，那真是比我自己死了还难过。

老傅说：“她父母前一两年倒是常来，后来可能也嫌她不像自己的真女儿，也不来了。这孩子好像设置了自动苏醒，每年还会苏醒几天，找不到家里人就自己躲在这里，也不说话。我们别打扰她了，先出去再说。”

但莎莎听到了他最后一句话，忽然眨巴着眼睛，问：“傅爷爷，我也可以出去吗？”

老傅一怔，随口说：“嗯，对，今天是中元节……”

莎莎一下子站起来，带着哭腔说：“妈妈！我要去找妈妈……呜呜……”

老傅和老魏面面相觑，老傅问她：“你要找你爸爸妈妈？”

莎莎点了点头。

老魏问：“那你知道你妈妈在哪里吗？”

“知道，东海市南川区江东二路296号仁爱小区C座506室……”莎莎背出了一串详细的地址。

老傅说：“应该是生前她父母教她背的，以防走失。”

老魏说：“对，我也教孙女背过。老傅，既然有地址，不如我们带她去找她父母？”

老傅面有难色：“这个……我……其实……”

“永哥……”

老傅还没说完，忽然传来一个嗲嗲的女声。伴着这声音，一个绛紫色旗袍打扮的丽影飘来，竟是一位颇具风韵的熟女：“永哥，我一直在找你呢，你怎么还在这里，到底还走不走啊？”

老傅顿时眉开眼笑：“这不是碰到老魏了吗，聊了几句……走，马上走！”

“是魏哥啊，好几年不见了！”旗袍女对他甜甜一笑。

“哦，小田啊，你好……”老魏也有些尴尬地打招呼。

小田是位“00后”，比他们都小很多，四十岁出头因为癌症走的。她去世后，丈夫很快便再娶，然而他不再来祭扫，不过倒也放她自由。小田也蛮看得开，既然丈夫已另寻新欢，她在墓园里也开始了第二春，到处招蜂引蝶，换了好几个“男朋友”。虽然游魂之间无法有真正肉体关系，但虚凤假凰，彼此倒也有一些相互感应的满足方式。

有段时间，她和一位英年早逝的歌唱家走得很近。在月光下，歌唱家曼声高歌，小田翩翩起舞，郎才女貌，颇为浪漫。谁知歌唱家的妻子查看记录，发现丈夫的数字体频频在夜里苏醒，不觉心生疑窦，一天亲自跑来墓园查看，发现后大吵大闹，上演了一出“捉奸”大戏。这场“人正房大战鬼小三”成为冷清的公墓里好几年中最大的八卦。后来，那妻子一气之下，将歌唱家的骨灰和数据体都移走了，小田才又寂寞了下来。

这几年老魏没有苏醒，也不知道发生了什么，但看来，老傅又已经被她拿下了。老魏想，本来小田只找同代人，看不上他们这些比自己大几十岁的老头子，但在墓地里一住这么多年，这些差距慢慢也就无所谓了。

老傅把他拉到一边，有些歉意地说：“老魏，刚才没跟你说清楚，其实我跟小田约好了，今天要去超元宙玩儿一圈的……”

“超元宙？是什么？”

“这两年的新玩意，就是一个赛博空间，大到无边无际，里面各种奇观都有，飞在天上的鲸鱼，翡翠造的城市，千奇百怪的外星人……你可以想象成一万个——不，一百万个——幻想世界的总和。现在每天都有几亿人在里面玩，几乎都不愿意出来了。”

“嗐，不就和以前那个什么元宇宙差不多吗，骗人的噱头。”老魏不以为然。儿子魏佳杰在20年代搞过创业，投资了什么“元宇宙工业”，结果赔得一塌糊涂，大部分债都是他帮着还的。

“不一样！这次是真的。你进来就知道了，那是一个根本想象不到的神奇世界……一般不对数字体开放，但今天是个难得的机会。有人说，将来也没有什么人类和数字体的区别了，所有人都会住到那个世界里。据说在里面，我们也可以有真实肉身的感觉……嘿嘿……”他冲老魏挤眉弄眼。

老魏说：“行吧，那你和小田去玩儿吧，我不当电灯泡，带莎莎去找她爸妈好了。”

老傅想了想，说：“你也不一定好找，要不，还是我们带莎莎去超元宙吧，那里的游乐场特别带劲，小朋友一定喜欢。”

莎莎好像听懂了，固执地摇头，说：“妈妈！我要找妈妈！”她着急之下，居然主动抓住了刚才还是陌生人的老魏的手。

老魏心一软，说：“放心，莎莎，我带你去。”

五

和老傅以及小田分开后，莎莎紧握着老魏的手不放，好像生怕他跑掉一样。数字体感受不到触觉，但在不同数字体的影像有意接触时，工程师仍然设计出一种难以名状的刺激，勉强说的话，类似于黏附感。它和数字体虚拟大脑中一些深邃的区域相连接，可以在感应场中激发出各种各样的情感涟漪。对老魏来说，他感到好像回到了很多年前，自己身体还硬朗的时候，拉着孙女去幼儿园时的情景。

完成简单的登记之后，老魏和莎莎的地图被激活了，一张可以随意放大缩小的三维地图展现在他们面前，上面标出了 AR 影像的可传送点，在东海市至少有几百个，基本都分布在马路、广场、公园、购物中心等公共空间。老魏先是找到莎莎家的地点，然后找到距离她家最近的一个传送点，按下了传送按钮。下一个瞬间，一老一小两个游魂就出现在那里了。

那是一个街心的小公园，离老魏家也不算远，周围的建筑和街道都似曾相识。但老魏仍然一下子感觉到了时代的变迁：光屏墙、扫地垃圾桶等智能设备变多了，有不少少年男女穿着时髦的飞行衣在天上飞来飞去，还有一些合金的或陶瓷的机器人在路上行走，运送外卖或者快递，这些场景在老魏生前还很少见。

莎莎左顾右盼了一会儿，忽然发出一声欢呼，抽出小手，朝着公园里一个灯火辉煌的儿童游乐场跑去。老魏不禁莞尔，孩子就是孩子，玩儿性太大，这就忘了回家的事了。不过数字体孩子怎么能够在人的游乐场里玩儿呢？老魏一边想一边跟了过去。

谁料，莎莎跑到游乐场门口，却并不往里走，而是扑进一个中年女子的怀里：“妈妈！妈妈！”

但她整个身体竟从女子的下半身穿过，女子漫不经心地看着一个投射在她面前的 AR 视频，根本没有注意到脚下有这么一个发着白光、满面渴盼的小女孩。

“妈妈！我回来了呀，妈妈！”莎莎尖叫着，试图抓住她的衣角。女子却打了个哈欠，用手一拨，又换了一个搞笑的猫狗视频。

老魏的心沉了下去，他也走到女子身边，试探地问：“你好，请问你……”

女子没有任何反应，继续漠然调弄着视频。

老魏明白了，就像老傅说的，只有在对方内置的AR系统授权的情况下，游魂才可能出现在其视野中，被对方看到。莎莎的母亲大概早已更新了AR系统，删除了有关她的信息，所以根本看不到她。当然，更看不到老魏。

“妈妈，妈妈，你怎么不理我，我是莎莎呀……呜呜……”莎莎在她面前哭了起来，虽然流不出眼泪，但鼻子一抽，小嘴一撇，却同样令老魏的心都要碎了。

“别哭了，莎莎乖，别哭了……”他徒劳地劝道，却不知如何是好。

但这时，女子好像听到了什么，抬起头，脸上忽然绽放出温柔甜美的笑容。莎莎也怔了一下，以为母亲看到了自己，急切地说：“妈妈，我在这里，妈——”

“小诺！”女子却叫了起来，“来，妈妈在这里！”

一个三四岁的小男孩从游乐场出来，穿过莎莎半透明的身躯，真实扑进了女子的怀里，骄傲地叫道：“妈妈！我刚才从最高的变形滑梯上滑下来啦！”

“真厉害！玩儿累了吧，满头大汗的……”女子说，“你爸呢？也不看着你一点儿。”

“我跟着他跑了半天，”一个男子走过来，也笑着说，“你在一边休息，还说风凉话。”

“爸爸！”莎莎叫了起来，老魏感到的分贝比刚才还高，“爸爸呀！”

但男子同样没有听到分毫声响，而对男孩说：“小诺，我们去吃冰激凌好不好？就我们俩，不给你妈吃。”

小诺却说：“我跟妈妈吃，不给你吃，哼！”

“看到没有，”母亲扬扬得意地说，“儿子向着我，少挑拨离间了，走，妈妈给你买分子冰激凌……”

一家人说说笑笑地走开了。莎莎在后头追了两步，却又有些犹豫，但还是哭着叫“爸爸妈妈”，想跟上去。

老魏心中酸楚，拉住她说：“别哭了，莎莎，他们……他们听不见你的……”

莎莎停住了脚步，又哭了一阵，然后问他：“魏爷爷，爸爸妈妈不要我了吗……”

“不是不要……”老魏不知该怎么说，“怎么会呢？他们只是……只是……”

算算时间自然明白，在莎莎去世后，她的父母很快又有了第二个孩子——如今人人都有冷冻生殖细胞在生育银行，想生几个孩子都轻而易举。新的小生命疗愈了他们的伤口，给了他们人生新的希望。或许他们不会忘记莎莎，但也不愿再直面这内心的伤疤，所以多年没有再唤醒莎莎的数字体，甚至从自己的信息管理系统中删掉了女儿的一切信息。但你怎么能让一个心智只有三四岁的孩子明白这些呢？她甚至不清楚自己已经死了。

何况，即便能见到莎莎，她的父母又会怎样？也许他们会痛哭流涕，抱住这个苦命的女儿，又或许，他们不愿承认这个残缺的、不具备许多基本记忆的数字体是自己的女儿，甚至不承认她有人的意识，认为只是一段拙劣的错误程序，置之不理。人心的深邃与偏执，外人无法蠡测。

“……只是技术故障，你明白吗……所以他们看不到你……”最后老魏勉强说。

“那个小孩……是谁？”莎莎又问。老魏知道她指的是那个小男孩。

“小诺吗，他……应该是你的弟弟……”

“我不要弟弟！不要！我要我的爸爸妈妈！”莎莎仿佛忽然意识到是谁夺去了自己的父母，愤恨地鼓着腮甩开他，朝父母离去的方向移去。这次她的念动力很强劲，瞬间就像箭一样射出几十步远。老魏忙追上去，但忽然一群贴地飞行的小青年从他眼前冲过，逼得老魏退了几步。老魏过了好一阵才想到，他无需躲避，就算开来的是二十吨的大卡车，也伤不到他。但此时，对面又跑过来一群打打闹闹的小学生，挡住了视线，人群散开后，老魏已看不到莎莎的身影了。

六

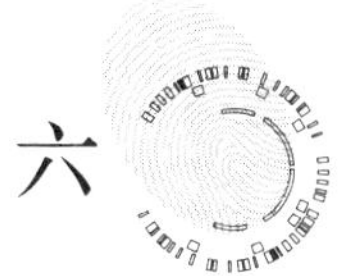

老魏找了半天也找不到莎莎，只好宣告放弃。反正莎莎这状态应该也不可能被坏人拐跑。临走时，老傅跟他说过，十二个小时后，不论游魂身在哪里都会被强制关闭，下一次苏醒——如果有的话——还是会在自己的本体墓碑之前，所以不可能走失。但想到莎莎此时不知会在什么角落里哭得昏天黑地，也没有人来安慰，还是让老魏的感应场一阵阵难受。

老魏只好让自己不去想这些糟心事，只想着自己的家人，向家的方向飘去。距离他家大概还有两三公里，他本来可以传送到更近的地点。但老魏想看几眼家附近的街景有什么变化：当年，隔了两条马路的百货大楼本来要改成一个艺术展览馆，旁边的小巷也有改造成智能街区的计划，他去世的时候正在动工，现在不知道怎么样了……

其实老魏也知道，这些都是自欺欺人的托词，他只是不敢马上面对家人，也许他们和莎莎的父母一样，早已删去了自己的信息，也无法再看到自己，又或许他们已经搬走了，数字体在未经授权之下，无法通过网络主动联系人类，老魏更不可能找到他们。他只希望走得慢点儿，让或许非常残忍可怕的真相更慢更迟一点儿到来。

老魏在路上又看到了不少游魂，有些是和活着的亲人在一起的，但还有许多大概都是和他类似的情况，他们苍老孤单，灰暗惨白，若隐若现，或飘或行，魂不守舍。其他人类都看不到他们。尽管路上有些中元节主题的表演和cosplay，但似乎没多少人知道今天是他们这些游魂返家的日子。毕竟人鬼殊途，老魏想，但也许再过几十年，生人会越来越少，就像老傅说的，人们都搬去什么超元宙了，这座城市将被越来越多的游魂淹没，埋葬在过去的记忆里。

在离家不远的一条街上，老魏看到四五对男女，或者男男，女女，打扮得花花绿绿，在离地不远的空中飞着，他们不是游魂，而是穿着飞行衣的年轻人。他们笑着闹着，同时做出各种高难度飞行动作，天知道他们彼此是什么关系。这大概又是年轻人喜欢玩的什么时髦游戏。

他们一个个从老魏头顶掠过，老魏只是略看了几眼，又沉浸到自己的心事中，对这些造型古怪的小青年没任何兴趣。但在队伍末尾，一个女郎似乎看到了他，好奇地看了他几眼，忽然发出惊讶的低呼，一时没把握住平衡，在空中划出歪歪扭扭的曲线，差点儿摔下来。

女郎停止了飞行，缓缓落地，眼神中都是惊讶。这女郎的身姿前凸后翘，性感到夸张，大概是注射了什么智能纳米液进行了身材编辑。她的衣着暴露得不能再暴露，下面露到大腿根，上面露出大半个胸脯，绿色的长发像是飘动的海草。脸上和身上不知涂了什么，发出某种五颜六色的荧光。

老魏有些诧异，为什么这个浑身抹得跟山魈屁股一样的女郎盯着他看，难道他的样子看上去很恐怖？还是她从未见过一个老人的游魂？

但忽然间，他想到了一点，整个感应场战栗起来。

这个飞天女郎既然能够看到他，这说明……难道……

他紧张地望向那女郎，渐渐地，他发现她其实很年轻，并从那张浓妆艳抹的面孔深处认出了一张熟悉小脸的痕迹，但这怎么可能啊……

“若宸，你下来干吗！跟见了鬼似的！”她身后，一个辫发文身的青年男子也跳到地上，不满地叫道。显然没有看到他。

没错了，老魏的感应场一阵紧缩。眼前这个一身非主流打扮的女妖精，正是记忆中活泼可爱的宸宸，他从摇篮里一直带到八九岁的小孙女。

算起来，今年的宸宸的确也有二十左右了。老魏也想过，她应该出落成一个亭亭玉立的大姑娘。但怎么也想不到，孙女是这副模样。

“你……宸宸……魏若宸？”他试探地叫道，朝前走了两步。

魏若宸紧张兮兮地动了动嘴唇，想说什么，却又没说出口。她尴尬地抬了下手，好像打算遮挡下自己性感暴露的身躯，又发现实在欲盖弥彰，想了想，只好更尴尬地放下手臂，两只手拧在了一起。

“若宸！我跟你说话呢！”辫发男有些猥琐地搂住她的腰肢。

“滚！”魏若宸骂出一个脏字，略放低一点儿声音说，“滚开，我爷爷来了！”

“你爷爷？你跟我说过的那个什么数字体吗？”

“闭嘴！”魏若宸说，在一个老魏看不到的界面上操作了几下，大概是共享了 AR 界面，男青年忽然也能看到他了，一时呆了，然后傻兮兮地鞠了一个躬：“叔叔——啊呸——爷爷好！”

“爷爷……”魏若宸稍微镇定了一点儿，迎上前说，“你……你怎么来了呀？也不打个招呼……”

“宸……宸，你已经长这么大了……”老魏说，稍微移开目光，不便正视孙女的奇装异服。一阵时光的悲凉从心底升起，那个娇憨可爱的小女孩永远也回不来了。“一晃都七八年了，爷爷一直很牵挂你……”

魏若宸也不好意思看他，低着头，干巴巴地说：“爷爷，我也想你……你在那边还好吗？”

老魏不知道怎么回答，只能说：“孤魂野鬼的，有什么好不好的，你们也不来看爷爷，只有爷爷来看你们了……”

“对了！”辫发男插口说，“我今天看到新闻，说数字体可以在中元节放假回家！我还寻思你爷爷会不会来呢。”

“那你怎么不告诉我？”魏若宸瞪了他一眼，又对老魏说，“其实我一直想去看您，就是奶奶不让，说您不是……那个……”

她不知该怎么表达，但老魏也知道她的意思，摇头说：“我真不懂，你奶奶为什么这样，就算我……可我对你们……我……”他也说不下去了。

魏若宸赶紧换了一个话题："对了，爷爷，我爸就在家里呢，我带你去看他吧。老 K，你在下面等我一会儿。"

辫发男不情愿地答应了，一老一少有些僵硬地转过一条马路，走进一座公寓大楼，这里一切倒基本还是老样子，只是更破旧了几分。魏若宸按了指纹，走进电梯，电梯识别了她的身份，自动带她上到三十五楼。

电梯里，两人相对无语。尴尬的气氛又笼罩下来，老魏打破沉默，问："宸宸，刚才那个人……是你男朋友？"

"也不算吧……"魏若宸含含糊糊地说，"就一朋友……"

老魏想提醒她几句注意检点儿，但多少年没见了，自然也拿不出长辈的权威，只好说："那个，你爸妈都在家吗？"

"我爸在，我妈么，哼，他俩早离了。"

"什么？！"老魏大吃一惊，"这好好的，怎么忽然就离了呢？"

"都离了七八年了……"说到父母的事，魏若宸说话顺畅了许多，"您老人家在世的时候他们也没少吵，您又不是不知道。后面更是过不下去了。我妈倒好，现在找了一个外籍华人，去加国了！"

"加拿大？"

"不是，加利福尼亚共和国……刚独立几年吧。自从美国闹两党战争以后，好几个州都——"

老魏也没心思管外国的政局变化："对了，那你奶奶现在——"

这时电梯叮的一声，门打开了，正对着的就是他的家门。魏若宸打断他："那个……对不起，爷爷，我和朋友约好了还有点儿事，今晚就不陪您了啊，过几天，过几天我专门去那边看您！"

"可是——"

“对了，您别跟我爸说在楼下见到我和——就说只看到我一个人就行了！”

魏若宸快步走到门口，用指纹锁打开了门，里面似乎有一股气味传来，她皱着眉头嘟囔了一声“又喝酒了”，然后喊了一声“爸，爷爷回来了！”，就溜之大吉。

七

老魏缓缓飘进房中，这套房子是他去世前三年全家五口一起搬进来的，装修还是他亲自监工的。如今依稀仍是记忆中的样子，但也残旧了许多，家具隐隐都有了包浆，地板上脏兮兮的，掉了许多纸巾和食物碎屑，显然好多天都没打扫了。他看到儿子魏佳杰坐在餐桌边自斟自饮，头上明显有了不少白发，脸上也苍老了几分，一脸的酒气，面前有好几个空了的啤酒瓶。

老魏心疼地叫了一声：“佳杰！”

总算儿子没有把他删掉，一瞥眼也看到了他，立刻酒醒了一半：“爸？！”手一抖，碰倒了边上的酒瓶，啤酒“哗哗”地流到地上。

老魏一时气上心头，皱眉说：“你怎么一个人又喝上了，以前就跟你说要戒酒，还是喝个没完！怪不得小冰要和你离婚呢！”

“爸，你、你怎么来了？你不是在——”

“我不来还不知道你把家都给搞散了！”老魏越说越气，“你知不知道若宸现在在做什么吗？和不知道从哪里来的小混混在一起鬼混……她小时候成绩那么好，难道没上大学？”

魏佳杰摇摇头，结结巴巴地说：“离最、最低分数线还差、差一百多分呢，去酒、酒吧里上班了。”

“你……你小子怎么把我的小孙女教成这样了！”

“我有什么办法，”魏佳杰嘟囔着说，“丫头大了，不听我的，她妈又跑了……”

“老婆老婆你管不住，女儿女儿你教不好，老子在坟里等了好些年也没见你来看过我，每天就知道喝酒……废物！早知道老子当初就不生你了！”老魏教训起儿子，很快就进入了状态，说个没完没了，没注意到儿子的神态变化。

“砰！”

忽然间，一个酒瓶砸到地上，酒水和玻璃片四溅，好几片碎玻璃甚至穿过老魏的身体。魏佳杰扶着墙站起来，指着他，喘息着说：“你、你什么时候生过我？你是我爸吗？凭什么管、管我？”

老魏蒙了：“我怎么不是你爸？”

“拉倒吧！你就是我爸的一个低级复制品，还没复制全！当年我妈就说，你根本不是我爸，让我们把你销毁了，我不忍心，让你活到现在，你居然还教训起我来了，早知道就该听我妈的，把你给……”

老魏气得要发疯：“你妈呢？让她出来，今天老子要跟她说个清楚！”

魏佳杰却怪笑起来：“怎么，你在那边没见到她啊？”

“我在哪边没见到她？”老魏想，难道沈月今天去那边看自己了？但也没人通知啊？

“在游魂那边啊……她都走了大半年了。”

老魏一怔，随后一股寒气仿佛笼罩了他的感应场，他明白了儿子的意思：“你是说，你妈她……她已经……怎么会……”

魏佳杰颓然坐倒在地上，语气也和缓了下来：“肠癌，折腾了一年多，受了不知多少罪……去年冬天，总算解脱了，唉……”

老魏只觉得心绪纷乱，相伴一生的妻子死了，他不能不感到难过。但是他自己都早已不在人世，去哀悼一个比自己走得晚得多的人，也未免奇怪……

忽然间，他想到那件事，伤感与希冀同时在感应场中搅动起来。他小心翼翼地问：“对了，你妈有没有……那个复制……”

儿子摇了摇头：“没有，什么都没有。”

老魏感到了一阵数字体应该不可能感到的眩晕，仿佛整个感应场都在无底深渊中下坠、分解。妻子是真的死了，不仅肉身死了，而且一切信息都消失了，变成了虚无，不会存在于宇宙中的任何一个角落。虽然他一时还不明白，这到底意味着什么。

魏佳杰的话似乎还在从远处飘来：“其实她一直很想你……哦不，应该说是想魏光明……她后来信了教，天天去教堂念经……她说你的灵魂应该上了天堂，而不是在那个墓园里……她死的时候斩钉截铁，说绝不要复制数字体……她说那个墓园是魔鬼聚会的场所，她临终时，甚至决定移走你的骨灰，另外找一个教友的墓地合葬……我也拦不住，只好一切顺着她……”

“移走我的骨灰……另外合葬……”老魏感觉，这无比荒谬，简直连语法都不通。原来，他的骨灰都不在自己的墓地里了，而被葬到了别的地方！那还在那里的他算什么？闹了半天，他不但不是人，连个正经的鬼都算不上！

“哈哈哈哈哈……”老魏听到一阵怪异的笑声，又发现原来是他自己发出来的。

“我懂了，我懂了！”老魏一边笑，一边说，“我也太傻了，真相是，魏光明早就死了，这十年来，根本就没存在过。我根本什么都不是！所以魏家这一切破事和我一点儿关系也没有。老婆、儿子、孙女，都和我没有一点儿关系！我还活着干什么，不，我还死着干什么啊！把我销毁了吧，快点儿！”他语无伦次地嚷嚷着。

魏佳杰反而有点害怕了：“爸，你别激动你，你——”

“爸？谁是你爸？你爸和你妈已经在天堂团聚了吧！我只是一串毫无意义的数据，一个根本谈不上有生命的程序，压根不是你爸！”

老魏骂着，但不知怎么，儿子从牙牙学语到工作结婚的一系列画面在老魏眼前闪现，仿佛告诉他这些话都不是真的。但老魏挥挥手，把这一切都抹掉。他既然根本什么都不是，这些记忆和他又有什么关系？老魏只想赶紧离开这里，他调出地图界面，随便找了一个传送点，按了一下。

八

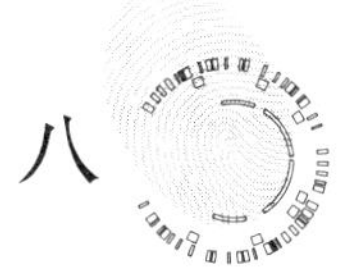

魏佳杰和整个客厅都消失了，眼前一下子暗了下来。

老魏发现，自己被传送到了一条河边。他花了一点儿时间认出来，这是一条城中的河流，距离他家也不远。河面上有几点萤火虫般的光晕闪动，花朵形的纸船上插着蜡烛，却是如今已经很少见了的河灯，用来超度亡魂的。老魏飘近前去，看到一个看上去差不多有一百岁的老婆婆在河边上一边放着河灯，一边口中喃喃念诵着佛经：

“无常大鬼，不期而至。冥冥游神，未知罪福。七七日内，如痴如聋。或在诸司，辩论业果，审定之后，据业受生。未测之间，千万愁苦……”

放河灯本来是中元节的旧俗，但到了这个时代早已寥寥无几了。老魏记得自己小时候，20世纪80年代，虽然已经是移风易俗的新社会，但中元节还见到过许多河灯在小河中飘荡，仿佛是天上的星河流淌下来。想来在那时候，还是有许多老一辈的人在以此怀念自己的亲人吧。如今他们也都故去了，成了亡魂，无人怀念，无人知晓。就连他自己，也有不知多少年没有想到早已去世的父母了。人类啊，尝试用记忆抵挡遗忘，最终归于徒劳……

老魏又想，这位老婆婆是在超度谁呢，多半是她的丈夫。她丈夫应该走得很早，也没有数字体留下来。所以她只有这样来寄托对丈夫的思念。忽然间，老婆婆的背影仿佛幻化成了沈月，老魏好像看到她在教堂里，在家中一遍遍念经，祈祷着能在另一个世界和自己团圆。一股悲怆击倒了他。

原来这一切的背后只是爱，无法再寻回的爱。如今已化为虚无的爱。

沈月恨他，这其实也并不要紧，因为沈月至死不渝地爱着魏光明，这就够了。恰因为沈月爱着魏光明，才会恨他老魏的复制体。作为魏光明残留的一部分，或者说魏光明的一个影子，他没有理由生气，而应该为此而高兴，这是他的救赎，他的荣耀。一切问题的根源，都只在于他违反了自从有生命以来的自然规律而出现，他本不应该存在。如今，沈月和魏光明在另一个世界团聚了，他就应该平静地化为虚无，那也没有什么不好。佛经怎么说来着，四大皆空，涅槃寂静。

在这个中元节，没人会超度他，但也许他能够超度他自己。老魏知道，虽然他无法被合法销毁，但他现在不是有了“人权”吗？可以向园方申请，从此以后永不被唤醒，结果是一样的。如果他爱沈月，爱自己的家人，他早应该这么做。除了这么做来减少他们的苦恼，他也不可能再帮到家人什么了。

老魏决定，一回到墓园就这么办。但漂浮的河灯唤起了他一点儿遥远的回忆，他打算在这个悲伤的夜晚，再在这座城市里四处转转，和家乡做最后的告别。

老魏让自己御风而行，飘过一条条熟悉的街道，这些地方曾留下了他从小到大的许多人生回忆，不过其中有不少他的记忆也被抹去了，想不起来发生过什么，只觉得那些名字熟悉而亲切：建设南路、新丰路、江东一路、江东二路，天和小区、兰德斯小区，仁爱小区——

等等，仁爱小区？

老魏忽然想到了一件事，一件他早该想到的事。

他迅速穿过大门，沿着主路进入这个不大的小区，夜色深沉，行人不多，绿化带中掩映中一座座灯火通明的小楼房，A 座，B 座，C 座——对了，是 C 座。

他在楼梯间中飘升，来到五楼上，果然看到一团淡淡的白光照亮了昏暗的楼梯。一个小小的身影蜷缩在门口，就像一只流浪小猫一样孤单无助。

老魏缓缓平移过去。他猜想得不错，刚才莎莎跟着父母走回到自己家门口，但她无法入内。住宅之内是私人领域，既然她的父母都已经删除了与她的联系，她也就无法进入房间内的 AR场域，甚至看不到里面的任何东西，只有一片黑暗。可怜的莎莎不知怎么办是好，只有待在门外面，像在墓园里一样，蜷缩成一团。

老魏俯下身，生怕吓着她，轻声说：“莎莎，你在这里啊。”

莎莎抬起头，虽然没有泪痕，但表情显然已经哭过很久了。看到他，眼中闪现出一丝犹豫的光亮：“魏爷爷……”

老魏说：“莎莎，我们走吧。”

“可是，这是我家啊……”

老魏尽量柔声细语地说：“其实，你爸爸妈妈刚才跟我说了，让我先带你回去，他们……现在还有一些技术问题，看不到你，但过几天就会来接你的。”

“真的吗？”莎莎的眼中放出光彩，“他们真的会接我回家吗？”

老魏说：“对，我……我保证会有人接你回家的。”

但也许，是另一个人，接你回到另一个家，老魏想。

莎莎犹豫地伸出手，老魏拉住她的手，转身下楼。他想起第一天送宸宸上幼儿园时的场景，一切历历宛在面前。如今，仿佛又有了新的义不容辞的责任召唤了他。爱与温柔在他心底复活。

老魏想，如果善良了一辈子的沈月能见到莎莎，肯定也不会再去想什么数字体和人的区别，什么谁是魔鬼了。那样柔弱的一个孩子，需要照顾和安慰，这是超越人和游魂的区别，超越任何教义的简单事实。沈月一定会比自己更加热情和细心地照顾好这个孩子，让她脸上露出笑容。如果沈月能见到莎莎，说不定也就能理解我了……

老魏又想，虽然沈月已经不可能见到莎莎了，但还有他。如果今后他能够去照顾莎莎，如果能够让她重新幸福快乐起来，找到家的感觉，如果将来他能带她去老傅说的那个超元宙里生活，能够见到千千万万个神奇的世界，如果在未来，新的科技能让莎莎再次长大……

这些“如果”，这些让一个孩子幸福的可能，虽然还不能说是确凿存在的，但已经不是虚无，它们在有无之间闪现，它们是有意义的指引，它们的名字，叫作——未来。未来，让时间成为时间。

纵然他并没有真正的生命，但他仍然，仍然被另一颗小小的心灵需要着，所以，他也仍然要活着，仍然不能去选择走入那最后的良夜，仍然要拥抱那个渺茫的未来。

谢谢你，莎莎，挽救了我这个老东西的存在。老魏暗自想。

“嗯，莎莎，我给你讲个故事，想听吗？”

“想听。”。

“从前有一座山，叫作花果山，山上有一块仙石……”

“这个故事我听过了。”

“那好……我再想想啊……从前有个小男孩，额头上有一道闪电一样的疤痕，他叫……”

尾声

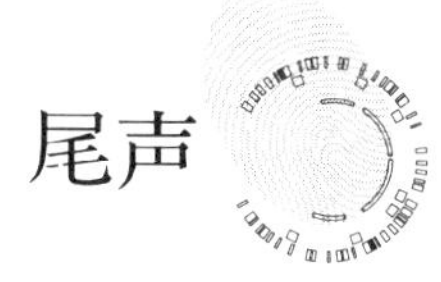

最漫长的一夜过去了，天色已经微明，游魂们半日的假期也将要结束了。

老魏和莎莎早已回来，在墓园里讲了很久的故事，又做了一会儿游戏，然后又讲了一会儿故事。莎莎有些困倦，躺在自己的墓碑下面，闭上眼睛睡了——数字体既然模仿人脑的构造，便仍然有一些睡眠的需要。老魏坐在她身边很久，直到听到老傅和小田回来的欢声笑语。

老傅一回来就高谈阔论：“老魏啊，你没去太可惜了，超元宙，太了不起了！我去了都觉得这辈子白活了！我告诉你，那一定是人类的未来，也是我们的未来……”

游魂们渐渐都围过来聆听。老魏听他讲了一会儿，也神往不已。

但这时，一条推送提示他，刚刚又收到了一条信息，来自一个老魏没有印象的私人号码。

老魏有些诧异地走到一边，打开信息，发现是一幅非常简单稚嫩的蜡笔画：太阳高照，一个老人拉着一个小女孩，走在马路上。老人和小女孩脸上都在微笑，虽然笔法简陋，却颇为传神。

“魏爷爷，这上面画的是谁呀。”莎莎不知什么时候也醒来了，看到了问。

老魏不知怎么说才好，于是笑了笑，拉着她说：“是魏爷爷和莎莎呀，你看像不像呢……”

“可是谁画的呢？”

“是一个姐姐，一个很好很好的姐姐……”

老魏永远不会忘记这幅画，那是多年前他刚去世的时候，宸宸画的，那一年，她还曾专门拿来墓园给他看过，告诉他，自己很想爷爷，所以画了这幅画。

如今这幅画，当然是魏若宸发送给他的。想不到她还一直保留着这幅小画，也许是她翻了一夜才找出来的，又或许，是她在一夜狂欢之后，午夜梦回忽然又想了起来。虽然早已物是人非，但无疑，宸宸的心里仍然记得爷爷，记得童年那些相伴的美好。不仅是在魏光明生前，还包括那些在墓园中和老魏爷孙欢聚的日子……这一切都是有意义的。宸宸也仍然关心着他，需要着他。

纵然人生不如意事十常八九，也许有这些，也就足够。

随着这幅画一起发给他的，还有一段长长的语音留言。老魏不知道魏若宸会对他说什么，但已经被一股期待中的幸福感所充满。他一边握紧了莎莎的手，一边在感应场的微微颤抖中，点下了播放按钮。

透过黑色墓碑群的间隙，第一缕阳光照亮了他们。

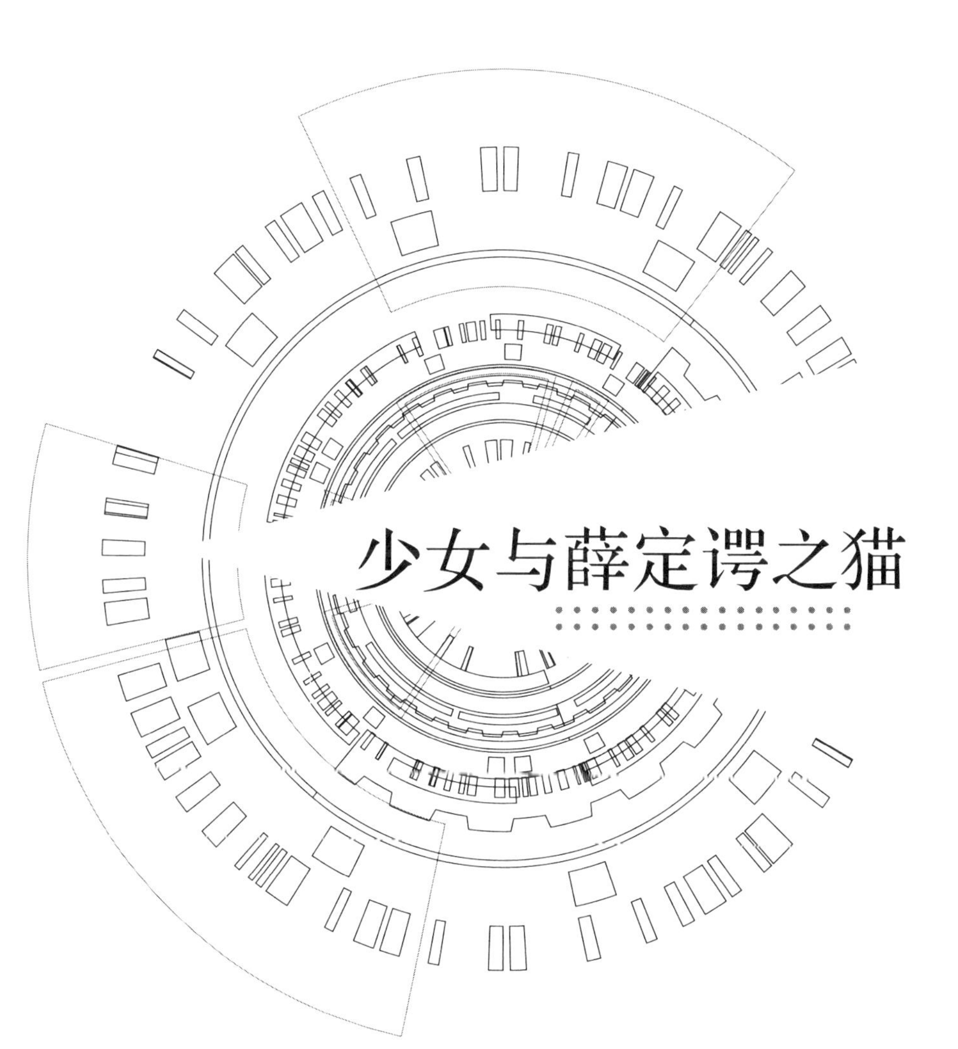

少女与薛定谔之猫

奥地利物理学家薛定谔设想过一个实验：箱子里有一只猫及少量放射性物质，放射性物质大约有50%的概率会衰变，由此导致毒气释放杀死猫；另外50%的概率是不会衰变，猫安然无恙。按照一般看法，在箱子里的猫或者是死的或者是活的，只是外面的人暂时不知道。但根据量子力学，当箱子处于关闭状态，整个系统就一直保持不确定性，此时猫既是死的也是活的。科学界围绕着这个实验进行过无数次争辩和论战，但从未问及的问题是：那只猫自己是怎么觉得的？

——题记

一、

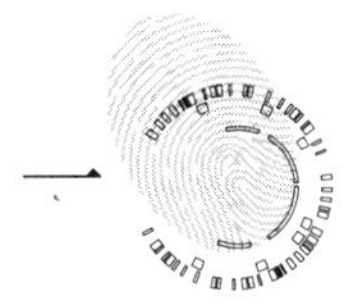

窗户半开着，光子趴在窗沿上。阳光照在它身上，暖洋洋的很是舒服。它向窗外瞧去，瞳孔变成了一条缝：四月的和风吹在小区花园里，树叶“沙沙”作响，草坪上光影斑斓。

猫眼中的世界色彩并不分明，接近昏黄色调，稍远处的物体都朦朦胧胧，但随着微风，草叶的清香沁入光子鼻端，混着泥土的气息、野花的芬芳、蠕虫的腥气……千百种微妙的气息糅合在一起，填补了颜色的缺陷，组成了一幅远比人类所看到的更绚丽多姿的画卷。

光子懒洋洋地站了起来，伸直了腰打了个哈欠。下一秒钟，辛离就感到它浑身的肌肉都绷了起来，敏捷地从窗台上跳进了下面草丛里，脚上的柔韧的肉垫让它落地时像羽毛一样轻捷，几乎感受不到冲击。猫咪钻进一簇灌木，如同猛虎——它那森林中的表亲—— 一样，开始了今天下午的狩猎之旅。

它钻出灌木，正好看到一只蜻蜓悠然从草丛上飞过，它顿时兴奋起来，飞身扑击，想用前爪拍掉蜻蜓，但蜻蜓灵敏地躲开了。光子在它后面紧追，大步腾跃，让辛离觉得自己仿佛要飞起来。可惜蜻蜓还是技高一筹，明智地飞到了旁边的水池之上，点着水轻盈地离开了。光子这回没有了办法，只有无奈地走开。

“差不多是时候了，”辛离在心底告诉它，“我们去小花坛玩儿，也许能看到……他……”

光子好像听到了什么，迷惑地东张西望了一会儿。它自然从不听任何人的指挥，但最近有点儿奇怪，似乎在它身体里总有一个声音在说它听不懂的话。

不过在它的字典里并没有“思考”二字，既然这个原始的问题得不到解答，下一秒钟也就被它忘记了。光子嗅了嗅野花，轻松跳上了墙，沿着墙头走了一段之后，它又通过一根树枝爬到了旁边的一棵柳树，然后是另一棵树，然后是树洞，然后是另一堵墙，然后是屋顶……

这是光子摸索过的一条路线，早就驾轻就熟。树上、墙头和屋顶，那是人类每天都能看到，却永远无法处身其中的世界。那是猫咪的世界，和人类的世界相互交错，但绝不重合。

辛离是进入这个世界的第一个人类。

二

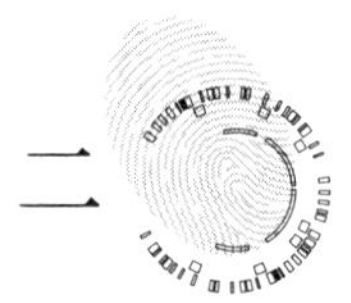

辛离常常想——明知无用却总忍不住——如果那天她没有答应江薇出门去看那场无聊的电影，如果她在回来的路上没有抄那条捷径，如果她在捷径上没有在一个新开花店的门口看了半分钟，或者再多看半分钟，如果她早一秒看到那辆失控的小轿车……如果千万个条件中的任何一个稍有变化，她的人生就什么岔子也不会出。

三年间，她会像其他人一样读完初中，升上高中，和同学们过着热热闹闹又平平淡淡的校园生活，将来会上大学，甚至出国留学，而不是坐在家里的轮椅上，终日对着放着无聊综艺节目的电视和唉声叹气的母亲。

光子曾经是这段黑暗岁月中最宝贵的安慰。两年前父亲把它从外面捡回来的时候，它只有巴掌大小，像一团小小的白毛线，饿得皮包骨头，惨兮兮地叫个不停。那时候它特别黏辛离，每天大部分时间都会在她身上撒娇，缠着她喂自己吃的，晚上也要钻进她的被窝才能入睡。

但光子渐渐长大，身体也健壮起来。它变得越来越独立好动，经常出门玩个一整天，连影子都看不到。即使在家里，它也不再依偎在辛离身边，有时辛离想要抱它玩一会儿，却根本抓不到它。

辛离不禁妒忌光子，妒忌它悄无声息的猫步，风驰电掣的奔跑，甚至打个滚儿再站起来的本事。一只猫都能轻易做到她此生再也不可能做到的事，它的每一个灵巧动作都好像是在嘲笑她是个废物。辛离甚至有过一个恶毒的念头，打断光子的腿，它就可以乖乖回到她身边，陪伴她，依赖她。连她都被自己的卑鄙想法吓了一跳。

她越来越受不了光子，有一次，父亲把光子放到她怀里，光子却不情愿地挣扎，她恨恨地把它扔在地下，父亲说了她两句，她大哭了起来。父亲忙搂住她，问她究竟怎么了。

“连它都能又跑又跳，为什么我不能！”她歇斯底里地叫着。

父亲沉默了很久才开口：“也许……爸爸有个办法……”

辛离抬起泪眼，疑惑地看着父亲。父亲是研究什么神经电子工程学的科学家，辛离截肢之后，他将研究重心转向了运动型小腿假肢，目标是通过神经电信号直接控制机械假肢，让它运动自如，但效果并不好，不是根本挪不动脚步就是姿势像螃蟹一样可笑，或许这次又有了新进展？但已经失败了很多次，她不再抱什么希望。

父亲把光子抱走了好几天，最后带着它和一个古怪厚重的头盔回来。

“这只是阶段性成果，还需要进行很多次试验，正式应用至少还得过三五年……”父亲的神色异常郑重，“而且这个项目有军事意义，上面要求绝对保密，我带回来已经是违反规定了……离离，你绝不能告诉任何人。”

“可这究竟是什么？”

父亲神秘地眨了眨眼：“你不是很羡慕光子能跑能跳吗？你再也不用羡慕它了，因为……你就是它。”

父亲告诉她，那个古怪头盔叫作“脑电波传感仪”。他在光子的脑部植入了一个很小的芯片，能够将光子所看到、听到和感知到的一切以电磁波的形式传到头盔里，再通过感应电极传入辛离的脑海，令她身临其境。

辛离听得似懂非懂，但她听明白了一点：她可以通过光子的身体，重新行走和奔驰在外面的世界中。

三

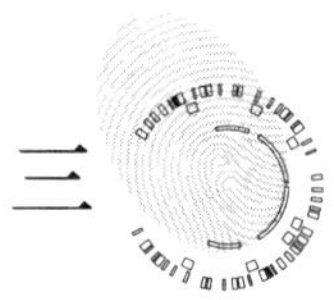

光子来到小花坛，这是小区花园中一个隐秘所在，被树木环绕，四周静悄悄的，一个人也没有。它躺在草丛里睡了一会儿。辛离感到了那种似乎沉睡在母亲子宫中的感觉，婴儿以外的人类已失去了这么纯粹的睡眠，更不用说是在野外。光子好像做了个梦，那梦境与人类的完全不同，似乎有什么恍惚的东西，却若有若无，无法捕捉……

周围有脚步声传来，光子警醒地睁开眼睛，就看到一个长身玉立的白衬衫少年站在自己面前，看到猫咪醒了，他露出了好看的笑容。伸手摸了摸它的小脑袋。光子放下了警惕，它认识他，这家伙常常给它些好吃的。

辛离也认识他。他叫高枫，她曾经喜欢过的男生，不，应该说现在还喜欢着，自从她通过光子的眼睛重新看到他之后。再一次，她感到高枫在抚摸她的头和脖颈，脸上不由一阵发烫。

高枫是辛离小学时代的插班生，在她十岁的时候忽然闯入她的生命。他们一度是同桌，那时辛离很讨厌他，高枫在第一次期末考试时就以所有科目满分的成绩把她从全班第一的宝座上赶了下来。作为教授的女儿，辛离从未受过如此“奇耻大辱”，她发誓要迎头赶上，但自信却被高枫一次又一次地碾压。

到了初中，他们总算打成了平手。高枫的数学头脑好得匪夷所思，不管什么难题怪题都能解开，得奖无数，但也许是理性思维过于发达，文艺方面的天赋就略显不够，虽然语文成绩也属优秀，但写不出有才华的诗文来。那时候，他们已经不在一个班，但高枫却硬是加入了文学社，想要征服这个自己不擅长的领域，结果没少受辛离这个文学社社长的嘲笑。

最后，他们达成了交易。高枫帮她补数学，她帮高枫提高文学水平，教学范例是——她自己写的小诗，她骗高枫说是席慕蓉写的，高枫竟然傻呵呵地把她的几首歪诗都背了下来，让她暗自笑破了肚皮。

就像其他经常在一起的男生女生一样，同学之间开始传他们的谣言。辛离当然不会主动说什么，女孩要有她的矜持。她等着高枫开口，她会考虑个几天再给他机会。不过她又想，不开口也没有关系，他们好像可以一直这样到……很久很久以后吧。

“很久很久”不过是一年多的时光，十五岁的秋天，车祸就那样发生了，把她的未来彻底击碎。高枫来看过她，很多次，但她根本不想让他看到自己的样子，好几次都给他吃了闭门羹。初中后，她也不肯再升学，高枫来得越来越少。最近两年，他们的生活再也没有交集，虽然两个人住在同一个小区里。

两个月前，她才通过光子的眼睛再次在小区里见到了高枫。他已经高了至少十厘米，比以前健壮多了，不但没有长残，而且脸庞也越来越棱角分明。她发现自己还是那么喜欢他，甚至更喜欢他。

然而……她现在只是一只猫。

光子被高枫摸得开心，伏在花坛上，微闭着眼睛，喉咙里打起了呼噜，那种原始的身体快乐也映入辛离的脑海，让她觉得浑身舒畅。她有些害羞，又有些欢喜，他会不会抱一抱我呢？什么啊，应该是抱光子……

这时高枫却放开了猫咪，拿出手机发短信，一边自语："怎么还没来呢？这家伙每次都这样。"嘴角却带着奇妙的笑意。

辛离有点儿奇怪。她知道高枫这段时间每天傍晚都在小花坛这里运动一下，顺便看看书或者背单词，但基本是一个人。他在等谁呢？是哪个哥们儿？不，他的神情不会是那样的，辛离隐隐感到，那会是一个女孩子。也许是江薇，一只叫妒忌的毒虫在撕咬她的心。

"我们看看是谁，光子。"她在心里说。

该死的光子这时候却不听她的指挥了，它看到一只麻雀正在灌木从里蹦跶，身体里的本能再度燃起，一个箭步朝它冲了过去。

麻雀飞走了，光子正在树丛里折腾，辛离听到高枫的声音说："现在才来，下次不等你了！"

一个女孩子的声音："哼，你敢！"却不是江薇，她的语声轻柔如水，这嗓音却清脆爽朗，辛离觉得从未听过，但又有种怪异的熟悉感。

那是谁呢？辛离大为好奇，光子却追着麻雀越跑越远。

"我就敢，怎么样！""好哇，我现在就走。""别别……我错了还不行吗？"听到说话声，光子扭过头，看到高枫和一个高高瘦瘦的女孩子站在一起。对它来说事不关己，只是懒懒地打了个哈欠。

辛离却浑身僵硬，连血液好像都要凝固了。那女孩的身影还有些朦胧，但是看上去……看上去……

“好好，我错了好吗，辛大小姐！”高枫笑着告饶。

那女孩嫣然一笑，转身向着光子的方向走过来，走进了它视力的聚焦范围内。她身材窈窕，长裙飘飞，而且——

长着一张和辛离一模一样的脸。

四

“离离，你今天怎么了，有什么心事一样？”晚饭时，父亲奇怪地问辛离。

辛离摇摇头，刚才亲眼看到的一切，她实在没勇气说出。即使说出来了，父亲也会以为那是幻觉吧？

但那会是什么幻觉，她的幻觉还是光子的幻觉？似乎都说不通。她怔住的时候，那个辛离给它喂了一根火腿肠，摸了它好一会儿才和高枫一起走开。一切都太逼真了，怎么可能会是幻觉？

“爸，你说猫会不会看到一些人看不到的东西？”她问。

“有可能，猫的视觉系统和人不太一样，聚焦能力不如人，但对于运动物体的感知比人更敏锐……”

“不是说这个。我是说……它会不会得精神病，产生幻觉？”

父亲想了想：“不是没可能，不过应该不会有人类那么复杂的精神问题，毕竟它的大脑要简单得多。”他指了指正在一旁睡大觉的光子：

“你发现光子有什么问题吗？我看挺正常的。”

“没有，我就随便问问。”辛离忙摆手。

“要有什么问题，可能是脑波传感仪产生的副作用，你要及时告诉我。”父亲严肃地说。

辛离答应。父亲似乎又想到什么，手里举起一筷菜，却不往嘴里送。母亲捣了捣他，父亲忽然笑了起来：“没什么，我只是想到，那只薛定谔的猫会不会被搞成精神病。”

辛离曾经听父亲提起过：“就是那只实验里半死半活的猫？”

“不是半死半活，是生死叠加态，”父亲说，“因为量子效应，在打开箱子之前，它就是一堆发散的波函数，既是死的，也是活的，也许还是半死不活的……可怜的猫咪。”

“如果把一个人放进那个箱子里会怎么样？”辛离好奇地问。

“不会发生什么，”父亲笃定地说，“人具有自我意识和观察能力，能够让波函数坍缩。他可以察觉到有没有毒气，当然也知道自己有没有死。”

“那猫难道就察觉不到毒气吗？猫的嗅觉可比人要灵敏多了。”辛离不服气。

父亲怔了一下：“猫？嗯，猫当然有感觉，但是没有自我意识——”他皱起眉头，仿佛陷入了苦思。

“吃饭吃饭！”母亲不耐烦地说，“菜都凉了，吃完饭再聊！”

可是饭后，父亲接到了研究所里的重要电话，匆匆离开了，这个话题也就不了了之。

五

辛离给江薇打了一个电话，旁敲侧击地问道高枫的事，江薇的答案却大出她所料。高枫这几天去了北京参加一个计算机竞赛，根本不在城区里。

“那个……最近有没有跟我长得很像的……一个女孩……”

“什么很像？”江薇明显一无所知。

“没什么。”辛离敷衍几句，挂了电话。

难道真的只是幻觉？辛离思前想后，终于找到了一个过得去的解释，也许她在什么时候自己睡着了，那些从光子眼中看到的景象，都只不过是自己的梦境而已。

但那是何其真切又何其残忍的梦！她闭上眼睛，还可以看到阳光洒在那个“辛离”身上，她步履轻盈，裙袂飞扬，脸上都是幸福和自信。那本来应该是她的模样。

也许正是因为渴望，她才会做这样的梦吧。

此后很多天里都没有什么异常。光子依然快活地出没在小区的花草树木间，有时候也能看到高枫，但“辛离”毫无踪迹。辛离开始有些怀念那个梦境，那个真实得太不真实的梦。

随着脑波感应的日益熟悉，辛离也越来越能够沉浸到光子的世界里。父亲说得没错，猫压根没有自我意识，看到小老鼠它就会直扑过去，看到大狗它就会扭头逃走，看到一个新玩具就会去拨弄一下，但脑海里根本不会有“我要吃掉它”“我要逃跑”之类的念头。它有感知，有欲望，有疼痛与舒适，但在这一切的中心，却是奇异的——无。

如果把光子放进薛定谔的箱子会怎么样？辛离也想着这个问题，毫无疑问，当毒气放出来的时候，它能够嗅到，也会中毒而死。但生和死本来就混糅在一起，既有毒气，又没有毒气。它抽搐着死去了，与此同时，它也舒舒服服地在箱子里啃着一根鱼骨头。它能感受到相互矛盾的一切，因为它没有一个确凿的“自我”进行观察，让混沌的可能坍缩为某一种。

猫活在每一种可能性里。

随着脑波之间的交融，辛离能够指挥光子干更多的事。有一天，她让光子穿过小区，跑到街边，在那里漫步。辛离已经好久没有上街了，她受不了街上人的目光围观。那种看到一个妙龄少女坐在轮椅上的好奇与怜悯，比蔑视的冷眼更让她无法忍受。

不过通过光子的身体，她可以自由自在地穿行。街上新开了很多店面：书店、蛋糕店、咖啡馆……街尽头还有一家新开的大超市。辛离还是有点难过，她无法自己走进任何一家店里。光子当然毫不在乎，它走累了，也不顾众人的目光，就在超市门口舒舒服服地躺了下来。

“你看，好可爱的小猫啊！”在超市门口，一个陌生女孩蹲下来抚摸着光子。光子也没脸没皮地蹭着她。

“咦，这小猫好像是我家楼下的。”另一个女孩说，声音清脆而明快，带着说不出的熟悉。

光子抬起头，就又看到了那个辛离，她穿着高中的漂亮校服，一头利落的短发，正笑眯眯地看着它。

辛离的头脑顿时一片空白。

“好想养只猫啊,”那个辛离一边喂着狼吞虎咽的光子一边说,“可是家里不让，而且上大学以后，很快就不住家里了。”

“出去以后，让你那位高帅哥给你买一只嘛。”女孩促狭地对辛离挤了挤眼睛。

“瞎说什么呢！”辛离羞恼起来，“看我不撕掉你的嘴！”

两人起身，笑着跑远了。光子无动于衷地看着这一切。另一个辛离不敢相信地摘下头盔，打了自己一巴掌，火辣辣地疼。

她急忙又再戴上头盔，却发现光子并不在大街上，而是在花坛边上休憩。片刻之间，光子就能从几百米外回来吗？她问光子，光子自然听不懂也不会回答，只是懒懒地抖了抖毛。

六

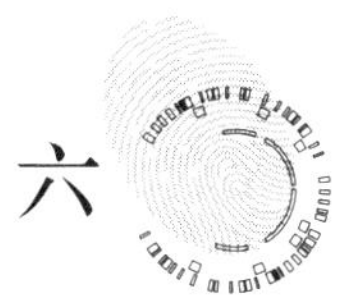

辛离从父亲那里拿了好几本量子力学、平行宇宙之类的书籍，吃力地研读起来。一个概念渐渐成形：每一种可能都会在一个世界实现，一个个世界叠加在一起，无限丰富，无限混沌。拥有“自我”的人类总是要确定自己，总会落入某种可能性，所以只能居住在其中一个世界里。但是猫不同，它们不需要自我，也就不需要固定任何可能性，那只在箱子里的猫可以又活又死，光子也可以在不同世界里穿梭。无数个光子的意识彼此并存，相互交变。

在另一种可能的生活中，三年前的辛离什么事也没有发生，仍然走在自己正常的人生轨迹上，甚至和高枫在一起。而因为她安然无恙，光子也就不会被父亲收养，成了小区里的流浪猫，辛离自然也不认识它。这样一切都能说通了。

还有一个辛离，用数学符号表示，一个“辛离”，辛离想。辛离仍然在本来的世界里好好地活着，多好啊。

两天后，通过光子，辛离再次看到了辛离，她正和母亲亲热地一起散步。

五天后，辛离和高枫在一起练习英语对话。

七天后，辛离骑着自行车从光子身边经过。

她越来越能把握光子切入那个世界的方式，那是一种半梦半醒间无法言传的转变，见到辛离的次数也越来越多。有时候见到的辛离还有微妙的不同，也许每次进入的都是一个不同的世界。但那些世界一般都大同小异，无非是辛离留长发还是短发，穿绿裙子还是红裙子的区别。那是她本来的自己，本来什么也不会发生。只有这个世界，这个在三年前因为一个极小概率而形成的世界里，一切才完全不同。可她为什么不在其他世界里，而要在这里？为什么偏偏是这里？这个让她再也站不起来的世界？

在其他世界里，辛离正如她本来应该的那样成长，甚至比她自己预想的还要好。高一时，她参加省里的英语演讲比赛，荣获一等奖，同时在文学刊物上发了几篇作品，很多读者喜欢，甚至得到了知名作家的奖励。

辛离和高枫的感情也水到渠成，从二人的对话中，辛离才知道，在去年的情人节，她收到了十几封情书，得意扬扬地念给高枫听，高枫憋红了脸，把那些情书都抢过来撕掉了。

“你什么意思啊？”辛离对着高枫嚷。

“你才多大啊，”高枫义正词严地说，“别去和那些小流氓约会，就算要……要约会也只能和……和我……”他的声音越来越小。

于是他们偷偷约会起来，如胶似漆。辛离就这样奇异地仰望着自己的另一种生活，为自己而自豪，为自己而叹息。

辛离却有更强烈的雄心壮志，一天，光子听到她对高枫说：“现在高中可以直接申报国外的大学了，何必还走高考的独木桥？高枫，我们一起出国念书多好！”

“我……我没想过这个，”高枫挠挠头，“这很麻烦吧？我英语也不够好……”

“你怎么还不如小学生有自信？”辛离白了他一眼，“我上次英语竞赛认识一个学姐，就是自己考出国的。不就是去考一个 SAT 吗，我们都可以去。”

“可是……”

“别可是了，你就听我的吧！”她目光炯炯，神采飞扬，“如果不实现这个梦想，我会后悔一辈子的！”

辛离望着她，禁不住泪流满面。这才是她本来的生活！去努力拼搏，领略这世界最美丽的风景。如果不是那场意外，她就是她自己。可如今的她，残疾的她，瑟缩在家里，连普通的大学都上不了。

但真的上不了吗？辛离知道，如今大学基本上不会因为残疾而不录取她，她戴上机械假肢基本也能生活自理，她只是太在乎自己的自尊心，不想被人笑话，更不想被人怜悯。但有什么关系呢？光子可从来不在乎这些。

也许现在也不晚，也许她还能改变自己的命运？

“爸，”晚上她走进父亲的书房，吞吞吐吐地开口，心中却已坚定，

"我……我想参加明年的高考，现在还来得及吗？"

七

参加高考对辛离来说并没有想象中那么难，报考资格上的问题，父亲设法解决了，她只需要花一年时间学完高中的课程并完成复习。她本来基础不错，父亲又给她找了几个靠谱的家教，加紧点应该够了。

辛离开始了紧锣密鼓的补课，一忙起来，跟着光子前往平行世界的旅行减少了很多。而且，她暂时也见不到辛离和高枫了，为了提高英文水平，他们前往广州参加一个昂贵的SAT强化学习班，上完后会直接去香港参加考试。但光子的活动范围只有小区周围，对他们的近况也无从得知。

不过有一次，光子带着她到了另一个平行宇宙中。那天，辛离在路上看到了她的父母，这本身不稀奇，但他们看上去有点奇怪，好像比平常老了好几岁。母亲好像大病初愈的样子，父亲搀扶着她，头顶也多了很多白发。辛离忽然意识到，这次光子进入了另一个平行世界。

光子看到，他们的神情平淡而漠然，步伐不紧不慢，说的也都是一些家常闲话：今天中午做什么饭，家里的花该怎么浇水，电费交了没有，等等。没有任何稀奇的地方，但辛离却总觉得哪里不对，心中的诡异感越来越强烈。

父母进了楼门。光子不便再跟上去，正在门口蹲坐着，却看到邻居马叔马婶带着儿子说说笑笑从楼里出来，那才是一个家庭的样子。蓦然间，辛离发现了不对的地方在哪里：父母在讨论家事的时候，压根儿没有提到她，而平常她可是父母交谈的重心。这是为什么？

在这个世界里，她死于那场车祸。

辛离摘下头盔，额头冷汗涔涔。她一直以为自己的遭遇已经足够悲惨，却没有想到，自己还可以不幸得多。

她就是薛定谔的猫，那只既活又死的猫。

八

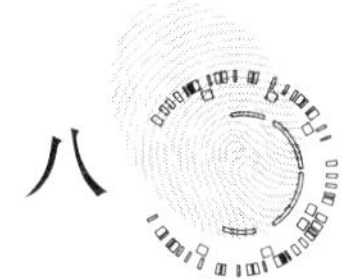

每一个世界，都有自己的幸与不幸。

辛离再次看到辛离，已是秋叶飘零的时节。辛离孤零零地拖着行李箱，拖着步子走进了满地黄叶的小区。这次她的考试似乎不太顺利，留学之梦大概得推迟几年了。辛离并没有太在意，无论怎么说，她也比自己强太多了。

此后辛离许多天都早出晚归，光子也不怎么能见到她。转眼便到了冬天。今年的冬天雪很大，光子也不想出门，舒舒服服躺在家里的暖气包边上打盹。在它的梦寐间，辛离有时候能穿越到另一个世界流浪的光子身上，它只能躲在楼底的暖气管道边上，靠着偶尔能逮到的一两只老鼠，瑟缩着苦挨严寒。但没关系，一觉起来，它就会在享用不尽的猫罐头边上，过着另一种生活。

一天早上，辛离进入这个世界时，发现光子在外头找吃的，却见到了高枫一早就在外面转悠。光子如同抓住救命稻草，围着他喵喵叫了起来。高枫神色焦灼，看着它叹了口气："今天没工夫喂你了……辛离不见了。"

光子一震，抬头看着他，宛如能听懂人言。

"跟你说了你也不懂……"高枫对它说，其实是自言自语，"我不该提分手的……她要我陪她出国，可是我根本不想出去念，我早点跟她谈清楚就好了……结果最后大吵一架，我直接回来……她 SAT 考砸了，回学校又被好些人嘲讽，压力太大，模考也一落千丈……我一直在赌气，也不接她电话……昨晚她不见了……"

怎么会这样的？辛离难以置信，那个几近完美的辛离怎么可能变成这样？

"我打她手机，结果她手机竟然扔掉在了附近草丛里……我们真的很担心她……一晚上都找不到……警察也不受理……万一碰到坏人……"

光子嗅了嗅辛离的手机，嗅到了熟悉的淡淡气味，顺着风，一丝同样的气味透入它鼻端，就像是远处传来的呼唤。辛离以前从来不知道猫的嗅觉可以如此灵敏，她知道该怎么做了。

光子窜了出去，跑出几步后，发现高枫没有跟上来，回头高亢地叫了几声，又往前跑了几步，一边跑一边回头。高枫有点儿明白了它的意思，不敢相信地，又不能不信地跟上了它。

辛离生怕辛离是坐上车离开，那就不好找了。但辛离的气味一直在路边延伸，显然她并没有上任何车。走过了好几个街区后，她的气息进入了一个小酒吧里。但此时酒吧已经打烊，里面一个人都没有。

光子又嗅了嗅，发现辛离的气息在酒吧另一边出现，还较之前更浓，代表离现在的时间更近，但这次混进了浓厚的酒气，单从气味上就大致能猜到发生了什么。

辛离心急如焚，驱策着光子不住狂奔，高枫在后头跟着。它又穿过三个路口，两条巷子，发现辛离的气味进了一栋二十多层高的写字楼，晚间电梯停运，她似乎是从楼梯间爬上去了。到底发生了什么？辛离让光子也拼命爬上去，两层，三层、五层……光子累得不行，快爬不动了，但这不是休息的时候，她拼命催促着可怜的猫咪。快上去啊，光子！

气味一直向上蔓延，最后，当光子累得只剩下一口气的时候，他们终于到了楼顶的天台上，高枫用力推开门，凛冽寒风扑面而来，楼顶都是积雪，一个衣衫单薄的少女如雕像一般站在大楼边缘，已经不知站了多久。她转过头，神色一片茫然。

九

“辛离，别干傻事！”高枫大喊道。

“别过来！”辛离如梦初醒，向后退了一步，“我……我无路可走了……”

“有什么事那么严重啊！”高枫说，“你先下来，什么事都可以解决……”

“你不懂的！”辛离的声音异常凄厉，“我已经没法再活了，没法——"

她又向后退了一步，脚踩在滑溜的一层冰上，整个身子向后一仰，完全悬空。在那一刹那，她看到一只小白猫猛扑过来，咬住她的脚跟。那猫的力气一时大得异乎寻常，让她多停留了一秒钟，但下一秒钟，她带着那只猫一起坠下。

整个世界化为亿万碎片，在他们周围旋转着。电光石火间，她看到了那只猫的眼睛，那双深邃的猫眼宛如时空隧道，通向另一个熟悉又陌生的世界，一个熟悉又陌生的人。无穷无尽熟悉又陌生的场景在她眼前掠过。

蓦然间，下坠之势止住，高枫终于及时抓住了她的另一条腿，大吼一声，把她拽了上来。

光子却耗尽了最后一丝力气，坠了下去。这样的高度，就算是九条命的猫，也无法逃生。

它融入了大地。化为虚无，又无所不在。

十

"离离，"一个月后，辛离正在看英语单词的时候，母亲走进房间，"高枫在楼下。"

辛离一怔："高枫？"

"你忘了吗？"母亲会错了意，"你的初中同学高枫，他听说你最近病了，特地来看你的。你想见他吗？"

辛离缓缓点了点头，轻轻说："好啊。"

她已经两个月没见到高枫了。

那次辛离醒来时，发现自己躺在医院里。父母说，她已经昏迷了一个多月，医生也查不出原因。她又留院了好几天，直到确定没有大碍了，才出院回家。父亲说可能是脑电波传感仪导致的问题，再不敢让她使用，把那头盔拿走了。但辛离明白，一定是那个世界的光子临死时的强烈脑电波影响了她，让她的大脑也判断自己即将死亡，从而昏迷过去。

但在最后的一刹那，她打破了自我的牢笼，融入了辛离的意识，也明白了事情的真相。

几个月前，辛离因为考试砸掉以及和高枫的分手，成为学校里的笑柄。她去酒吧喝酒解闷，认识了几个社会男女，被诱惑吸食了一种新型毒品。那些人想利用毒瘾控制她，她不甘受辱，又不敢告诉家人，她觉得自己无路可走，跑出去喝了一夜闷酒，最后爬到了楼顶上。

辛离曾经视辛离为理想的自己，但她现在知道，辛离也只是个普通少女，看似一路顺风顺水，但内心比她更脆弱，更容易走弯路。

辛离不知道辛离此刻会怎么样，但是想必在了解了另一个世界的自己后，会对人生重新审视。毕竟，她们都已历经沧桑。

无数的可能世界中有无数的辛离，但没有一个能保证绝对幸福，每一个辛离都会遭逢不幸，就像其他所有人一样。但是在人世的苦难，没有什么是绝对不可克服的。甚至死亡也无法真正战胜她们，因为她们……

都是薛定谔的猫。

她望向光子，在她边上，光子慵懒地打了个哈欠，调整了个舒服的睡姿。一个光子死了，还有无数光子活着，它们又生又死，它们方生方死。它们全不在乎，就这么没心没肺地活着。

就像今天的辛离一样。

“离离，”母亲进来说，“高枫在客厅里了，你让他进来还是……”

“不，我出去好了。”

辛离轻快地说着，放下书，站起身，抬起刚学会使用的机械腿，一步步走了出去。